Short Story

中国新锐作家

校园文学经典

中国新锐作家校园文学经典

马强　总策划

永远微笑着面对生活——即便它有时残酷地欺骗了我们，
和我们开了一个大大的玩笑……

城里的兄弟

邱海泉 / 著

中国社会出版社
国家一级出版社 | 全国百佳图书出版单位

图书在版编目(CIP)数据

城里的兄弟 / 邱海泉著. — 北京 : 中国社会出版社, 2012.1
(中国新锐作家校园文学经典)
ISBN 978-7-5087-3927-4

Ⅰ.①城… Ⅱ.①邱… Ⅲ.①小小说-小说集-中国-当代 Ⅳ.①I247.8

中国版本图书馆 CIP 数据核字(2011)第 279103 号

丛 书 名:中国新锐作家校园文学经典
书　　名:城里的兄弟
著　　者:邱海泉
责任编辑:陈　获

出版发行:中国社会出版社　　邮政编码:100032
联系方式:北京市西城区二龙路甲 33 号新龙大厦
　　电　话:邮购部:(010)66081078
　　　　　销售部:(010)66080300　(010)66085300
　　　　　　　　(010)66083600
　　　　　传　真:(010)66051713　(010)66080880
网　　址:www.shcbs.com.cn
经　　销:各地新华书店

印刷装订:中国电影出版社印刷厂
开　　本:170mm×230mm　1/16
印　　张:13
字　　数:165 千字
印　　次:2016 年 1 月第 2 次印刷
定　　价:23.50 元

序 对人性的深切解读

小说的优秀与否，和字数无关，甚至和结构，和技巧也无关。成熟作者会用自己熟悉的叙述来完成对小说中故事的勾勒，精心布置每一个细节，认真推敲每一个段落，每一句话甚至每一个词，尔后通过故事的精彩，淡化掉技巧的痕迹，让读者在不自觉中读出浑然天成的味道，秋风的小说便是如此。同时，读他的小说还有种很亲切的感觉，因为他的小说中的故事都是从身边信手拈来的，小说中的人物也是我们身边熟悉的小人物，无论是早期作品《弃儿》《一把豌豆》，还是近期作品《小心，有狼出没》《一囤豌豆》《风过不留痕》，主角都是小人物，故事也近在我们身边。

早期作品《弃儿》中的主人公狗剩是个“钳包”的，也因为此，他几乎没有被人正眼看过，甚至从来就没有享受过“被尊重”的感觉。所以当有人提出让他帮忙看看包的时候，他立马答应了下来，并且还要让警察知道，这次他不会跑，他会老老实实地看好这个包！狗剩的这次“固执”和苍天开起了个玩笑，因为包里装的不是财物，而是一个“弃儿”，是狗剩的“固执”让准备丢掉孩子的人重新把有严重兔唇的孩子抱了回去。其实，在洗涤别人良心的同时，狗剩的良心又何尝不是被洗涤了一次。

近作《小心，有狼出没》和《弃儿》有异曲同工之妙，只是在《弃儿》中，狗剩作为一个被社会抛弃甚至唾弃的“钳包”者，却因为“固执”而让别人良心发现，自己也享受了“被尊重”的好感；而《小心，有狼出没》中的局长大伟却因为信任危机将保护自己的人打伤。一个是被大家看不起的小偷，另一个是高高在上的机关局长；小偷帮人家看包，时间过了很久他也还在等着主人来取包，机关局长却误以为保护自己的人会伤害自己。这样的错位，将人性劣根中的自私展露无疑，同时，更显出现代人的安全感缺失。

早期作品《一把豌豆》印记着很深刻的时代烙印。爷爷虽然一直在追求某种工作上的极限，而且劳动模范的奖励不过是一朵大红花而已，甚至，那朵还未到手的大红花夺走了爷爷的性命。支撑爷爷一直不断向前的，竟然是一把豌豆！临死的时候，爷爷也没忘记对着来看他的队长要一把豌豆。一把豌豆支撑起爷爷大半辈子的劳动斗志。

近作《一囤豌豆》中，豌豆再次成为道具，写的同样是别样年代的故事。永魁在做仓库管理员的时候，每次回家都会装一口袋豌豆“带”回家，用了十个月零九天的时间，永魁终于成功把一囤豌豆全部“带”回了自己家。他没有动豌豆，用他的话说，一看见那么好的豌豆，心就止不住痒痒，手也止不住痒痒，却再无其他恶意。这是句多么朴实的话语，更承载着农民对粮食的无限眷念。村里人也是可爱的，他们没有把永魁送进监狱，遇到不听话的孩子反倒教育道：“你要有你永魁叔一半的恒心，早把县中考上了。”

第一篇“豌豆”是作者为辛苦一辈子的农民写的挽联，第二篇“豌豆”则是作者为中国农民写的最后哀歌。他用小说的形式为我们描绘：有那么一天，农民不再拥有土地，甚至不能再在自己的土地上种出粮食！

《风过不留痕》中的顺民原本是运气极好的人，大家都饿饭时，他却因有个在县政府大院做饭的爹而能保证肚子不饿；刚十八岁就接父亲的班，端上公家饭碗，而和他同龄的哥们儿大多都进了机械厂之类的单位，形势一变，一个个破产倒闭，把饭碗丢了；他还被任命为县劳动服务公司人民理发部主任，却因为一次小小的失误——给县长理发的时候，不小心把县长的脑后多理掉一块头发。这不是个大事，县长也不会把这事放在心上，但顺民却认定县长会一直记恨这事，所以不断努力成了劳模，遇到县长给自己颁奖的时候不停道歉，却引发了县长的不满。顺民就更认定县长一直在记恨自己了，所以在后面经常犯错，以至于在四十八岁，就遇到内部改革，内退了。这篇带着些冷讽味道的小说，作者在讽刺之余，表现出极大的宽容，顺民酿成大错也只是把好几个客人的后脑勺理成了秃瓢儿，引发的不良后果也不过是内退。所以从侧面反映出作者内心的淳朴和平和。因为赋予主人公何等命运，全掌控在作者手中！

秋风还有很多有意思的小说，如《无形之手》就以第一人称的手法，让读者完全陷入这就是作者的亲身经历的“圈套”中，阐释了岁月是把无情的刀子，不仅仅可以划破年幼时候的无畏的担心，更能割裂人的身体；《雨天》则为读者展示了一幅很完美的乡村图景，生活中永远不缺少美，只是缺少发现，无论是乡村还是城镇；《福太太》要表达的主题略有些陈旧，却因特殊的人物背景，同样出彩；《别不拿我当回事》和《风过不留痕》一般，有些温婉的冷讽，看似讽刺得有些柔弱，却一针见血！

姚　讲

2011 年 10 月 28 日

目录

Cotentes

第一辑　城市季风

自毁英名 / 002
救你的那个人是谁 / 004
老板的太太 / 007
虚拟世界 / 010
永远的小鱼 / 012
楼上楼下 / 014
永远的悔 / 017
老人的智慧 / 020
虚构的陷阱 / 022

第二辑　人间真情

最好的爸爸 / 026
往事温馨 / 028
说　情 / 030
怀念一块烧饼的滋味 / 033
那个春雨绵绵的下午 / 036
真　佛 / 039
渴望受罪 / 042
弃　儿 / 044

目录

Cotentes

第三辑　世态万象

怪人之死 / 048
垂钓高手 / 051
真理与谎言 / 054
错　觉 / 057
垃圾老五 / 059
有些事不必说破 / 062
习惯鼓掌 / 065
一把豌豆 / 068
别不拿我当回事 / 070

第四辑　花季雨季

被风吹走的烦恼 / 074
橱窗里的爱情 / 076
都是戏中一角色 / 079
爱的谎言 / 081
永远的影子 / 084
画一朵最美的玫瑰 / 087
等　待 / 090

目录

Cotentes

第五辑　人在途中

命　运 / 094

我有一个不切实际的想法 / 097

小宝的困惑 / 099

和一个人的几次邂逅 / 101

危险的伴侣 / 107

福太太 / 109

无形之手 / 112

风过不留痕 / 115

第六辑　故事新编

强　者 / 120

银环回城记 / 123

宫丙和他的情人 / 126

华佗大夫有点傻 / 129

刘巧儿后传 / 132

一囤豌豆 / 135

第七辑　职场生涯

狗　殇 / 140

病因不明 / 143

城里的兄弟 / 146

目录
Cotentes

搭积木的老人 / 149
一字之差 / 152
什么在叫 / 155
报　复 / 158
永远饥渴 / 161
小心，有狼出没 / 164
二贵的幸福婚姻 / 168

第八辑　乡村往事

床 / 171
黑蛋的灯笼 / 173
暗恋张二花 / 176
诱　惑 / 179
打麦场上 / 182
欲望陷阱 / 185
生命中的那道风景 / 188
雨　天 / 191
后　记 / 193

第一辑

城市季风

自毁英名 / 救你的那个人是谁
老板的太太 / 虚拟世界
永远的小鱼 / 楼上楼下
永远的悔 / 老人的智慧
……

自毁英名

如果不是周围的住户们嫌噪音影响休息提意见，老板会让我们干到九点就下班？不过老实说，还没挨到那时间，人早就累得拿不动瓦刀了。一下班，只想倒头就睡，哪顾得上别的。

我却还有一段路要赶。在这座城市里，我已混了将近二十个年头。刚开始，我只是个搬砖筛沙子的小工，但现在，我却是个手掂电钻和吊线锤的老技工了。我结了婚，有了孩儿，虽说租住的房子狭小、偏远了一点，但难道说我就永远在这里找不到一块理想的立足之地了？

骑上摩托，就往家赶。街灯虽已亮了，但光线还是有点昏暗。好在路熟，就骑得飞快。回家后的第一件事，当然是给女儿辅导功课，好早早打发她去睡觉。可是突然，我脑子里闪过一个画面：刚才路过那个汽车站，站牌下是不是站着一个人？当然是个姑娘——她难道不知已没车了？想着，我就转车头，往回骑去。大老远就喊道："姑娘，别等了，早没车了，天太晚，快走吧。"

骑了没几步，又一想，不行，天这么晚了，把那么年轻漂亮的一个外地姑娘孤零零地扔在那儿怎么行。想着，又返身折回，说："妹子，没车了，你要去哪儿，我送你行不行？"但不管我说什么，她就是不动。我们身边好半天也不过一个人，只有一辆辆轿车飞驰而过。我一看无法，只有走路。

但走了没几步，我的心却又一动：这太危险，不行。因为我突然想起电视里的报道：这里已经发生过好几起抢劫案了。想着，又折回她面前说："姑娘你就信我一回好不好。我也是顺路的，举手之劳，不费事的。"姑娘大概也看出了我的诚意，便小心翼翼地说出了她要去的区域。我一听，嘴里只说："正好顺路。"心里却暗暗叫苦：这一拐至少要多跑五六十里路呢……

一路走着聊着，才知道姑娘是进城做保姆来了。我便说起我第一次进城的事。那时我刚初中毕业，进城已半个多月了，却找不到活儿，钱早花完了，三天没饭吃，就饿昏在路边。一个好心的大爷看见了，便给我买3个馍吃，还领我到工地找活儿。我到现在还记得：大爷买的馍真甜真香啊！

说着话，我的手机一直不停响着。我知道是老婆打来的，不想接。到最后实在没办法，便把车停在路边。可不等我开口，老婆早在电话里吼叫起来："你怎么到现在还不回来？我等了一下午了，怎么货还没有送来？"我一听，也有点急了，说："你别急，我马上就到家了。"正说着，那姑娘却突然说："货？什么货没送来？"说着，只提起行李就跑。我忙赶上去说：姑娘，你听我说……姑娘说："你把手放开。"正拉扯着，一辆巡警车停在我们身边了。

我说："警察同志，误会了。"我老婆是开小卖铺的，我们批发了几箱啤酒，下午送货，不知什么原因没送来。警察说："那你家住在东郊，你往南郊送人也是顺路的了？"我一听急了，说："我是怕她不坐我的车，故意说的。"警察意味深长地笑笑说："这我早知道了……几乎所有的受害人都是这么被人哄上车的。"这时我电话又响了。我说："算了，人我不送了，我走还不成吗？"警察说："走？哪能那么容易？"

我坐上警车被带到派出所。可能因为我是民工吧，审查得就更仔细些。我不知他们在外面是怎么调查的，反正等我出来，我的房东说："你还是换个地方住吧，我这房要自己住了。"更让人不可思议的是，老板也找了些冠冕堂皇的理由把我炒鱿鱼了。

老婆哭了，我也流泪了。但我还是安慰她说："没事儿，一切还会好起来，不是吗？"

救你的那个人是谁

在这片乱七八糟的城乡接合部，这幢七八层高的楼也算是一座高楼了。奇怪的是，那天下午，有三个打扮得花花草草的姑娘，正沿着这幢楼的外楼梯，十分艰难地向上爬着。她们在干什么？

房顶还有积雪。不错，越往高处，寒风的牙齿越锋利。走在前头的那个穿白羽绒服的小姑娘手上还裹着纱布，后面两个小一些的姑娘被风吹得直打趔趄，越来越抓不牢扶梯，早就头晕得不敢睁眼朝下看了。

“娟娟姐，我冷。”一个穿红袄的姑娘说着缩起肩膀站住不动了。

“娟娟姐，我怕。”那个叫三妮儿的姑娘说着闭上眼坐在台阶上掉泪了。

那个穿白羽绒服的叫娟娟的姑娘一看她俩这个样子明显地生气了：“像你两个这样没出息的样子，咱们的工钱到底还要不要了？”听娟娟这一说，那两个小姑娘一下便停止了胡闹。但娟娟却并不急于走，只取出一个小手绢，细细地又包裹起自己手上的伤口来——她手上的伤口还是半月前和一个不要脸的客人纠缠撕扯时不小心在桌沿碰伤的。要知道，她们的工作是在一个小娱乐城替人洗脚。既如此，这样的事怎么避免得了呢。

掐指一算，她们离家都快两年了。她们谁不急切地盼着回家过年，但她们兜里却都没买车票的钱啊。

一年多前，告别了家乡父老，她们像三朵满怀着玫瑰色梦幻的花骨朵似的进城来了。在懵懵懂懂转遍了大半个市区后，她们终于忐忑不安地在一个洗脚城门口站住了。老板是一个四五十岁的胖男人，但说起那份她们足以胜任的工作却就不像老板身后站的那帮人那般面目狰狞了。在把身份证交由老板保管后，她们立马就换上超短裙为客人们服务了。但这究竟是多么无趣的一份工作啊！不到一星期她们就想走人了。老板却不给她们身份证，说：“没干够三个月还想走?”就熬吧。三个月了，老板却又说：“干不够半年还想领工资？门都没有。”终于半年了，老板说：“一人交300元，想走马上走。”娟娟说：“凭什么?”老板说：“你们的工资够不够还你们的食宿费呢?”看她们都哭了，老板又好言相劝说：“等干够一年，我给你们补工资、发奖金还不行?”一直撑到现在了，老板又说生意亏本了。老板说：“等明年生意好了，我一定给你们把账清了……”也是被逼无奈啊，她们最后才撕破面皮把老板状告到工商局去了。但一进那个办公室的门，她们的心一下就凉到脚底板去了——原来工商局的那两个人都是老板的朋友和洗脚城的常客！不过她们很快就发现她们真是错怪人家了。虽说由于她们没有正式和老板签订合同，这事处理起来有点棘手，但他们还是向她们明确表示：一定马上着手搜集证据……

可是她们实在等不及了。更令她们绝望的是临近年关，老板却像在人间蒸发似的消失了——要不她们会采取如此极端的方法学电视里那些叔叔阿姨们的样子向楼顶爬吗?

但越是接近楼顶，风越是大。要命的是从楼梯到楼顶上去，还要经过一段没有扶手的地方。现在，坐在那截“天梯”下面，三妮儿和红袄都颤抖得像只小羊羔似的说啥也走不动了。

这算什么事啊！爬不到楼顶去，她们预先写好的横幅打不出来，只坐这儿哭管屁用啊！娟娟心一急，就又忍不住骂了：“三妮儿，你还想不想拿钱回家给你娘看病啊？二丫，你还想不想要钱替你哥交学费了……你们就坐这儿哭吧等吧，等冻成冰棍儿掉下去喂狗吧……”说着，只自个儿气呼呼地向上爬去了。

三妮儿和二丫最后还是被最先爬上去的娟娟一个一个死拉硬扯地拽上去了。

一上楼顶，她们立即就把那面横幅打开了。横幅在风里哗啦啦地响着，她们想站都站不稳，但她们还是一个个咬牙坚持着。终于，有人停下步伐向楼顶张望了。不一会儿，下面的人就黑压压聚了一片。一看她们打出的那面“还我血汗钱”的横幅，就骂起什么。但过去了老半天，却还是不见一个记者或警察出现。娟娟便说：“这样不行，咱们都站到护墙上去……”但就在她们抬起脚步的一霎，突然有个人喊了声“危险”，横在了她们面前。

这个从天而降的人是从旁边那个小阁楼里冲出来的。她们都吃了一惊说："老板?!"但她们立马就反应过来，只扔了横幅，哭喊着向那个臭男人猛扑过去："你这个大坏蛋，原来在这里躲着……你倒是说，为什么欠我们的血汗钱?"老板不顾一切地抱着脑袋说："唉，你们知不知道，我办这个店，要伺候多少头头脑脑敬多少神？到现在，还欠人一屁股债，一年赚点钱连窟窿都不够填……"他只没好意思说自己是像杨白劳一样跑这儿躲年债来了。

不知何时，已有警察悄悄摸上来了。"走吧……"警察们在抓住他们的手腕时冷冷地说。

老板的太太

说起同学会，它是同学之间十年或是二十年之后相互了解的一种聚会。离开学校，一晃多年，不觉间大家就被各自不同的生活环境塑造打磨得面目全非奇形怪状了……人都说世事无常，但埋藏在我们心底里的那些难以启齿的青春岁月的美好回忆怎么会被忘记呢？至于我，之所以那么热衷聚会，潜意识里当然有想和我的初恋情人杜丽丽见面的渴望。当然，有此贼心的绝非仅我一人……反正现在大家早已是叔叔阿姨级的人物了，只要不是太流氓，互相掐掐拧拧找找触电的感觉都没问题……至于每次聚会的经费赞助者刘来承，也不是心甘情愿就当这个冤大头的——当年班上的补考大王，如今早混成了富甲一方的蔬菜大王，谁还敢嘲笑奚落？那个富翁派头，一下子就把当年丧失的颜面挽回来了。

遗憾的是，几次聚会，我的梦中情人杜丽丽和另一位风云人物秋思哲却都没有来。在我们班，有不知道秋思哲是数学王子而杜丽丽是美丽天仙的吗？当然没有。世界上最完美的天作之合想来也只有王子和天仙这么一对——事实上他们两人最终也的确牵手走进了婚姻的殿堂。可在当年，杜丽丽的微笑曾令多少人神魂颠倒、夜不能寐啊！而我，正是其中最想吃天鹅肉的那位。当然，说到癞蛤蟆，刘来承也是……最终的胜利者当然是秋思哲。等到毕业了，秋思哲去的单位当然最好，是一家研究所。后来那家研究所改制，秋思哲就创业单干了。没想这一下就大发了……现在人家成了千万富翁，还和我们这帮不入流的俗物玩个什么意思。

真是令人意外，连同学会都懒得参加的杜丽丽有一天竟给我打来电话。我激动得嗓子直发颤，说："你和秋董事长最近好吧？"电话里只飘来一个懒洋洋的声音，说："我嘛，老样子……秋董？他忙啊……"我只觉自己都快要被电话里传来的那一缕缕华贵气息醉倒了。好在杜丽丽早口若悬河，只向我倾倒起她的苦水了："哎，人都盼望事业成功，我真不知道人要那么多钱和头衔有什么意思……操不完的心，比牛毛还多的应酬……这不，昨天又到加拿大去了……"老实说，如此近距离地和有钱人接触，我还是第一次。我真想说几句开导宽慰话，只是口拙不会。于是便打哈哈说："钱多总不是坏事，现在房价这么贵……"没等我说完，丽丽却早抱怨说："哎，要那么多套房子干什么？一想起到月底收房租，我就头疼……可秋董就是爱买房，而且，一买就是一单元……"听着，我突然感觉鼻腔里有点异味——我这才猛然想起我火上还熬着稀饭……但令我绝望的是，丽丽这时又给我说起了她的小孩："国内教育不行，真的不行。"她的语气显得十分决绝："简直误人子弟。"她说："孩子大二的时候，我就把他送到英格兰去了……"也不知我是怎么坚持到她给我把她的养生保健家庭装修等问题一一介绍完的，反正等我急急忙忙赶到厨房时，稀饭锅里早只剩下一层黑炭了……

下次同学会，我自然把秋思哲和杜丽丽的近况说了。大家听着，自然又是一番唏嘘。刘来承的眼睛里更是空落落的，好半天什么也没有说。

正好有个出差机会，我到杜丽丽所在那个城市去了。老同学了，不去看看实在说不过去，再说人的好奇心也实在抵挡不住某些无法言说的诱惑啊……但我却不敢提前给她打招呼，怕的是她万一派几辆大奔驰来接我，岂不太麻烦了，就坐公交去吧。约莫到了她曾经告诉我的地方，我便打电话过去。我正在脑子里彩排着我们见面时的场面，不想却等来这么一个消息："哎，秋董昨天刚刚去了新加坡……"我忙问："你呢？""我？"她说："秋董一走，我一个人在家还有什么意思，就去泰国旅游了……"她大概也猜到我此刻的失望了，赶紧安慰说："下次吧……提前告诉我一声，我一定等……"

我慢慢往宾馆走着，反正回去也没什么事情，正好看看街景。走着，迎面闪过的一个人影却突然使我大吃一惊：那个骑电动车带一兜菜的大嫂是不是杜丽丽？我首先就把自己那个可笑的念头否定了。但不行，还是有一个念头顽固地在我心头求证着什么……终于忍不住，我问了正在路边跳街舞的几个老大妈一句：“刚才骑车过去的那位大嫂是不是杜丽丽？”一个胖大妈说：“不是她又是谁……”另一个大妈说：“她男人是菜市场卖肉的，我们都认识。”胖大妈说：“就是，还是大学生哩，搞了几样生意都不成，就卖肉了。”

在后来的同学会上，大家又说起秋思哲和杜丽丽的种种传奇，我只沉默得像块石头，啥也没说……

虚拟世界

自从办公室里配备了电脑，上班玩游戏便成了大家心照不宣的事。一开始大家只不过翻翻纸牌，打打麻将，但自从兴起了一种叫做拖拉机的游戏，大写很快便从网络上找到了各自的牌友。

至于我——网络上的“本登”，一直和“红尘丽人”“江湖浪子”等几个家伙玩得不错。但如果哪一天这几个家伙碰巧不在线，有个叫“一壶酒”的家伙便总爱来凑热闹。只可惜这家伙牌技太臭，令人失望。不过，有时胡乱将就将就还成。

一天下午，我正在网上游戏大厅闲逛，“一壶酒”忽然来了邀请。反正没事，玩就玩吧，但还没玩两把，我就差点被他气跑。你看，当我出红桃 A 时，他有 K 不跑，后来让人家得了牌用一对红桃 Q 消灭了。还有，下一局，我出黑桃对 A，他不先出对 K，却出对 3，当我接着出对 8 时，却让人家给毙了！什么事儿，简直是……我再也忍不住了，只敲起键盘，毫不留情地给这个酒坛子笨小子上起了课。

“本登”：“下象棋的目的是消灭将帅，而围棋则在多围地盘。打牌的目的是什么呢？当然是得分或跑分。某种程度上而言，打牌就是一门得分或跑分的艺术……”

“一壶酒”：“是，是，老师所言极是。”

“本登”：“什么时候能留 K，什么时候不能留，这得看牌势。牌势是什么？主要是指你手中的牌和别人手中的牌的优劣的一种对比。牌势不同，处理方法自然各异，其中的奥妙，难以表述。但有一点，请你记住，你某类牌多，别人手中那类牌断绝的可能性就在增大；你手中牌多成对子，别人手中自然也就对子多。”

“一壶酒”：“是是，我那一局黑桃就是太多了。”

那次牌打过了几天，我心中还是有点不大舒服。虽说是打牌，又在虚无缥缈的网上，毕竟输得太冤。好在单位活动多，这一搅和那一掺乎，也就忘了。忽一天，我们的科长端个大茶杯来了。一看那架势就明白他干啥来了，却没人说破。科长果然嘻嘻一笑，说：“劳逸结合嘛，来来……学会儿文件。”大家便都笑说：“大家都盼了你好几天。”说着，早锁好门支起摊子。一帮人里数我福最大，和科长一班。可不知为啥，我那天总有点心不在焉（因我的季度先进让一个马屁小子捣鼓去了！），手臭极了，光出错牌。科长虽窝火却不好直说。我呢，却是越慌却越容易出错。结果，硬是把几手好牌打输了。输赢我是无所谓的，但科长却显得很不适应，终于轻轻地摇摇头说：

“啊，说起这个打牌呀，可不是随便什么人都能打好的。它还是一门艺术哩。什么艺术？一门得分与跑分的艺术。就好比象棋是以吃掉对方的将帅为目的一样……”

“对对对……”我们三个一齐惊异地对科长的这番宏论点头称是。啊，到底是科长，水平高呀！

“怎么跑分呢？这却得看牌势。何为牌势？四个人手中的牌的力量对比即是……”

“是是是……”那两个老弟对科长的这番宏论早佩服得五体投地，我却暗暗有点奇怪：这话咋这么耳熟呢？

“牌势千变万化，打法自然各异……”

我的头虽仍在不停地点着，但我心中却忽然酝酿起一个奇怪的想法：坐在我眼前的这个人是不是“一壶酒”呢？

“何时能留 K，何时不能留……”科长仍像在作报告似的滔滔不绝地教导着我们。

我却早像坠入弥天大雾似的糊涂了，因为我再也搞不清楚究竟是网上的虚拟世界真实，还是我自己的躯体存活的这个所谓的真实世界更加可靠了……

“出牌快出牌！”那两个老弟突然催我说。

我突然如梦初醒似的笑笑说：“我出我出……”

永远的小鱼

人谁不贪嘴呢。至于我，要是一个星期不到楼下那个小饭铺去吃一回麻辣烫，心里就总像欠了谁几毛钱似的挂着一件事。贱毛病，什么时候上瘾了都不知道……

也不是什么好饭店，店名也没有。小小一间门面，原是套两室一厅的住房。店主是一对从四川乡下来的夫妇，三十出头，朴实得和他们这个没有一点装饰的小饭铺一个样，还带着个十二三的小男孩。他们的饭，当然也和他们的乡下口音一样原生态，辣得过瘾，麻得带劲……所以我才总想去浑身通泰通泰……

等饭的时候，不，也许是吃得满头大汗忘乎所以的时候，那小孩就悄无声息地站在了我的身旁。他是被什么东西吸引过来的呢？我刚一注意到他的到来，他却一溜烟跑开去。不一会儿，却又在远处张望，目光专注而又好奇，似乎在探寻一个谜团……我便笑着说："小朋友，叫什么名字？"他一听，又跑开去。他的父母便笑说："他叫于小雨……你说话他听不懂的……"我说："为什么不送去上学？"母亲便叹口气说："在山里时，路远，就没上几天学。在这儿话听不懂，学了几天也不去了……"

店里客多，手里活多，许多时候父母总是忘了孩子的事。但冷不丁，只要一发觉孩子要溜出自己的视线，他们总是忙不迭地吆喝道："小雨，回来择菜。"或者是"回来刷碗。"其实，小雨早干完活了。他们完全是在找托词，主要是怕他出去惹事。小雨帮父母把地扫了，又把垃圾倒了，就只好去看小金鱼。小金鱼在一个大瓶里养着，小雨就成天成天看着。一天小雨突然问爸爸说："小鱼什么时候才能长大呀？"爸爸正忙着，爸爸说："快了快了。"

每当店里来了小朋友的时候，小雨的魂儿就像被勾到天外去了。他不知道怎么就移挪到他们身旁去了。但每当他的手离他们放在一边的那些奇形怪状的玩具呀乐器呀还有很远距离的时候，母亲的吼叫声早已响起：“小雨快回来，小心把人家东西弄坏了。”一下就把小雨吓到一边去了。

生意总是很好，一到节假日就更忙了。偶尔来个熟人老乡，站着说几句话就走了。就在这不知不觉间，小雨竟学会做饭了。那天，爸爸去买面，而妈妈突然发现没了盐，就去超市了。就在这时，来了两个人要吃饭。小雨就围上围裙，当起大厨掌勺了。妈妈回来一看，高兴得直喊：“啊，我们的小雨会做饭了。”

从此，只要一忙，爸爸就喊：“小雨，快过来帮帮忙……”小雨就接过铲勺，让爸爸喘口气。

一年忙到头，他们的收益看来却不怎么样。店面仍是破破烂烂的没有档次。一天吃饭，我和于老板摆起龙门阵。我说：你厨艺这么棒，为什么不把店面换到热闹点的地方去？或者，你把这里的环境搞搞，铺铺地板，换换桌椅，再添台空调……饭店一上档次，利润跟着不就上去了？这不比你一年到头瞎凑合强？于老板听了，很是兴奋了一阵，连着几晚上没睡好觉，让小雨替他算账……算来算去，花费总下不了两万，而且最少要把一个月的生意耽误掉……这么装修折腾完了，到底有没有客人来吃还是个事……所以到第五天晚上，于老板就忘记了算账，长长地打着呼噜睡起觉了。

搬家后很长一段时间，我没到那小店去。忽一天，从门口过，就又去了。一切还是老样子，但从里面走出的那个人却不是于老板了。我便有点扫兴的意思，想走，却不死心地问着：“于老板呢?”那小伙便说：“他是我爸，回老家去了。”我便吃一惊说：“你是小雨?”小伙便有点羞怯地笑着。我便感叹说：“都长这么大了?”于是吃起饭来。吃着聊着，才知道于老板一年前就回家了。他本来身体还硬朗，但眼看小雨已成了小伙，而他除了做饭什么也干不了，自己又无力再开一店，就只有让位了。饭的确做得不错，还是熟悉的味道。但吃着吃着，人的心头就禁不住别有一番滋味……便笑笑说：“小雨，有女朋友了没有?”说时，就见一个姑娘，操着我听不懂的川音，走出操作间。小雨的脸便红了一下。我会心地一笑，突然看见他还放在老地方的那个小瓶，便说：“哟，小雨，还养着鱼?”小雨的口吻便有点埋怨说：“养……换了好多次也长不大的……”

出了饭店慢慢走着，我的脑海里只不断出现着一个小孩趴在一个小瓶边呆呆地凝视着一条小金鱼的幻象……我只不敢肯定，那个想像中的小孩究竟是于小雨还是他没有出生的小孩……

楼上楼下

搬新楼，住新家，邻居们互相学习参观各家的装修布置是很平常的事。大家互相交流交流经验，一则省了钱，二则少跑了冤枉路，何乐而不为？

我们搬进的这座楼是经济适用房。住这种房的人家谁会宽裕？一步步从交房款到装修房，谁家不是用上了吃奶的劲？所以，到最后锱铢必较，从跳蚤的腿上都想刮点肉。至于我，上蹿下跳，也不知把楼上的光头家和楼下的眼镜家考察了多少遍。光头家装修得最快，第一个住了进去。我们住进去的时候，眼镜家连墙都没有刷。眼镜在一所小学教书，太忙，没时间逛市场，他老婆还在一所乡村学校没调上来。他看了我家，说："地板砖买得不错。"我说："我跑遍了全市才选的。"他说："在哪儿买的？"我说了，他还是不知道地方，就遗憾地走了。后来又来了，问了几回，只说："不错。"我说："你要是哪天有时间，我带你去一趟不成了。"他一下叫起苦来，说："走不开。我教了三个毕业班的数学，还当班主任，捎带还管着全校的卫生……"我一听，也不吭气了。想了半天，突然想出一个好主意说："要不这样，我替你去买，反正人家是送货上门的。"他似乎早等我这句话似的，一下子高兴起来说："好哇。那就多谢了。"说着，就掏起钱来，笑着说："这是2500块，多退少补。"我说："好，多退少补。"

那天晚上老婆上夜班，我一个人在家。正想着第二天什么时候抽空帮眼镜把这趟腿跑了，光头突然敲门进来了。我说："我看你家灯黑着，你老婆也不在，喝两盅？"光头只叹气，说："嗐，哪有那心思。"我说："别像个娘儿们似的哼哼唧唧，有什么屁，痛快点放。"光头便一下子抬起眼皮望着我，说："我有点急事，能不能借我500块钱？"要说这也不是什么大事，前几天装修买材料，谁家没二百三百找人倒过手帮过忙？关键是我此时已花得山穷水尽，手头羞得没一分钱闲钱，便嗫嚅说："嗐，要不……"光头看我如此磨叽犹豫，一下子哭的光景，说："你放心，我只是倒个手，明天一大早保证还，你要不相信，我……"我看他急得要找刀剁自己手指的架势，赶紧说："别别别，我借，我借。"就从眼镜的钱里取了500元。反正他一大早就还，既替人救了急，又不误事，何乐而不为？

第二天我起了个大早，怕的是光头来还钱，穿衣来不及，但却没人来。第三天、第四天我仍一直处于"待机"状态，总疑心耳边有个声音叫。到了第五天我还真有点沉不住气。又一想，也正常，他也许真遇到什么麻烦事。又一想，不对，你若真有了什么意外，也该来说明一下情况。一个星期后，我的心真像煎在油锅上那么难受。但终于，我没有躲得过眼镜的堵截，被他挡在了楼道。眼镜说："我知道你也忙，要不……"我说："不不不，我已经给那个经理打过电话。说好了的事，你放心，明天就送货……"

我一天好几次装作无意向光头老婆打听光头的去向。问得太勤，还怕露馅，让人笑话我不够爷们。光头的老婆后来果然有了点疑心，问我："光头找你没捣鼓什么事情？"我忙说："没没没。"她于是才慢吞吞回答我说：加班去了、送货去了，或者吃饭去了。还有好几次，她甚至自豪地向我吆喝说："他老板请客，他赴宴去了。"

我向眼镜的谎简直没法再扯了，而且这套猫捉老鼠的游戏我也玩腻了。实在没法，我就去求老婆。老婆一听就火了："自己的债欠了一屁股，倒想放账去当黄世仁了。有本事你也跑个股长、科长当当，让老婆把你的光沾沾，尝尝住小别墅的味道，再别丢人现眼地钻这狗窝了……"我没听完，早吓得屁滚尿流逃跑了。

我像条游狗，经常很晚才归家。而经过眼镜家门口的时候，总是脚步很轻，而且一路小跑着。但是那天，我却被从门缝传出的吵闹声吸引住了。是一个女人的声音："这么长时间了，连个地板都铺不好……你个书呆子，叫人骗了都不知道。"眼镜只像个蚊子似的嗡嗡说："我明天一定要回来。"

刻不容缓，我决定向光头摊牌了。到了光头家，一看光头不在，就向他老婆说："真不好意思，光头向我借了500块……"她老婆一听就大叫起来："他向你借钱了？他有打牌的毛病你知道不？我从不敢让他身上装钱啊！"大概是看我已惊讶恐慌得不成样子，才和缓了一下口气，说："现在晚了，明天上银行给你取吧。”

只可惜钱交得太晚，那种地板砖早脱销了。我把钱还给眼镜的时候，眼镜说：“你真把我害苦了。”

好几天过去，楼上和楼下的战争还没结束。我楼上楼下跑着劝着说：都怪我啊。为了赔礼道歉，背着老婆，我说：哪一天咱们在一起吃个饭吧，我请客。但酒都倒上，菜都上齐了，却没一个人来……

永远的悔

那时，父亲已经躺倒在了炕上。父亲整日沉默着，但是偶尔，他眼里会闪过一丝亮光——那大多是我们四目相对的时候，但父亲很快就把到口边的话咽了回去。父亲的心事我知道。唉，这么多年过去，难道说那个魔鬼似的影子还在他老人家的心头萦绕着？

每当此时，我总是一阵深深的内疚与自责。我明白，假若不是我年幼时的无知以及后来蛮不讲理的自私，父亲绝不会背负着那么沉重个包袱走过他的一生。

关于那个故事，大概在我刚一懂事的时候就在我家的炕头和村里流传着。主讲人当然是我爹。天底下还有谁能把那个故事讲得如此生动吗？父亲那时才十八九，为了生活，他和村里两个伙伴一起到内蒙贩羊皮去了。那两个人，一个是拴娃，一个是新仓。来去半年多，当他们三人推拉着独轮车回村时早累得没一点点人样了。头发长得早盖过耳垂了，脸黑得像锅底……不要说一路上遇见的乡亲们认不出他们了，他们同样也认不出家乡了……为啥？正在打仗嘛！子弹嗖嗖飞，炮声隆隆响，烟灰满天飘……就在他们要溜进村子的时候，却被几个当兵的捉去了，被人带到一个隐蔽的地方。老远，父亲就听见从那所房子里传出的咆哮了："奶奶的，一个小小的梁家庄打了两天还拿不下来！带路的老乡找来了没有？"后来，父亲就一直认定那个咆哮的人是师长。所以到后来他总是说："带完路后师长就让我们留下来。师长人不错，不只给我们倒了水，还给我们卷了烟抽……拴娃和新仓就当了兵……我是独子，怕你爷爷操心，就回家种地去了……"

现在想来，我第一次对父亲当年没有去入伍参军而表现出不满，大概是在我的好朋友云宝转学进城去读书的时候。云宝是谁？就是我新仓叔的儿子呀。打完仗后，新仓叔就进城当官去了。但新仓叔当年在乡下订的婚却始终没退得了。新仓叔也不是没做过他爹的思想工作，但那老家伙动不动就是上吊跳井那一套，新仓叔牙掉了往肚里咽，就让步了。到后来就生下云宝等一串儿子了……那天回家后，我就有点情绪低落。爹问我咋了。我却反问说：“你当年为啥不和我新仓叔一样参军去?”爹听出了我话里的意思，说：“怎么了?”我说：“云宝转到城里念书去了。”爹听了，只闷头抽烟，过了好久才蹦出句话说：“谁长了后眼?”

但我对父亲的不满却一天天加重了。表面看，我有时批评的是他的思想落后，觉悟不高，但实际上我还是考虑自己前途命运的时候多。唉，人有多少烦恼是自寻的呢?至于我，云宝的每一封来信都足以使我在父亲面前嘟囔三天。我说：云宝说他们天天吃白馍了。我说：云宝说他们早都用上电灯了……我真不知道这些话语一进父亲的耳朵会变成一个个铅块垒积在他的心头，我只看见父亲一锅接一锅不停地抽烟……我发现我的残忍的时候总是很晚很晚。这时我总是问自己：“你只看见新仓叔进城当了官，你怎么不想拴娃叔没过三月就牺牲在了战场?”想到这儿，我总是大气也不敢出，看都不敢看父亲一眼，就像只落荒而逃的狗似的溜出门去。

当然，大多的时候，我还是以笑脸来迎接我的生活的——尽管在很多的时候，我笑得十分的惨淡勉强。比方说当家里揭不开锅的时候，比方说当冬天穿不上棉衣的时候……特别是在我上了高中，看着别人一个个都有了女朋友，而我却还是个孤家寡人的时候，那个念头由不得就常冒上心头：“你当年要是跟那个师长走了，我会有今天?”但毕竟，我已不是那个少不更事的愣头青了。我难道听不见夜深人静的时候父亲孤独的叹息，看不见他对我们那个破败的穷家的愧疚?所以大多时候，倒是我反过来安慰他老人家，说：我们人活得堂堂正正，自食其力，不是很好吗?我一心想的，当然是为他老人家争口气，就在那年我考上了大学。

云宝也一样；只不过他比我考的大学还好点。但据我所知，他的分数比我还低点。生活大概就是这样：一步走错步步错，只能如此了。更令人不可思议的是：他刚毕业就找到一份好工作，而且很快就得到升迁。我的运气就远不如他那么好了……一直到现在，我还在一个民企上班……

新仓叔出事大概是在他退休后的第五年。本来想着已经没事了，却被人咬了出来，大概贪了二百来万，被判了十五年。父亲听了一言不发，就在那一霎，我突然冒出一个可耻的念头：“幸亏父亲当年……要不……”

此后很长时间，父亲总是心事重重的样子。问得多了，才说他真后悔啊。我说你后悔什么，他说他后悔当年没跟那个师长走了。他说：“其实我早知道你新仓叔不是个好东西。就在我们贩羊皮那回，他一路上至少把我七八张羊皮偷去了……我要是也参了军，多敲打敲打他，他兴许也不会……”

老人的智慧

利民医院的人经常多得就像下饺子，利民医院的电梯就更不好坐了。人一多，每上一层或下一层似乎都要停停，更要命的是电梯那副有气无力磨磨叽叽的样子，似乎停下就忘记动了，走着也像是刚学步的病人，比头老牛的步子还要四平八稳……电梯上下跑一趟，就仿佛是去月球打了一个来回，把人的胡子都快等白了。而等着坐电梯的人却越聚越多了，往往电梯还没停稳，大家便身子贴着身子，黏结得就像一块密不透风的云朵，碎步向电梯门挪动去了。毕竟，大家不是提着保温饭桶给病人送饭的，就是来医院看病的多灾多难的患者，谁还有什么兴致再抢什么风头，搞得就像是在官场和战场上似的。

尽管大家都是这么相互礼让着克制着，每当电梯落地的时候，还是把电梯门前挤实了。电梯门虽开了，里面的人却还是出不来。这时，便有人喊着先下后上之类的话，大家这才慢慢让出一条通道来……

老人就是在这时候走进医院大楼的。是个老妇人，其实也就六十出头的年纪，由她的老伴儿陪着，看走路的脚步也蛮轻快的。老人也许常来医院做什么检查的，但来得早不如来得巧，一看电梯正停着，老人的脚步不由加快了。但她很快就发觉：前面人太多，这一拨根本上不去了。这对她可绝不是个好消息。老人的脚步便一下子放慢了，也一下子把自己的衰老和虚弱夸大了。老人气喘吁吁病病歪歪地走着，就一路走到电梯门口去了。只可惜门被一个孕妇庞大的身躯阻挡着，她再迈不开步了。电梯里的人谁忍心让一个老人和一个孕妇在那里卡着，都嚷嚷着“挤一挤，挤一挤”，果真就让她们都进门了。也就是在她们的双脚踏入电梯内的那一霎，电梯上的报警器只不停歇地呜呜叫了。这真没一点儿办法，不下去人，谁知道它会这么一直呜叫到什么时候。终于，电梯里的人有点沉不住气了，大家便把目光一致投向了门口。老人和孕妇显然都感觉到人们目光里的不满和愠怒了。她们却只互相瞧着，无言中似乎在提醒着对方：该下去的是你。她们就这样无声地对峙着、战斗着——一方的武器是苍老，而另一方的大肚子战斗力似乎也不弱。到最后，还是站在最靠门口的老人缴械投降，走出门外了，但报警器仍一味叫着。孕妇无法，也只好下了。电梯等的似乎只是这一刻，这才把门一闭，慢悠悠地起步了。

孕妇踩没踩着老人的脚后跟没人看着，但老人显然是把她没赶上电梯的那一腔愤懑都发泄在了这个一直和她作对的倒霉蛋身上了：踩踩踩，你眼睛长到裤裆去了。说着，还下意识地扯扯后襟，像是抖土，手却碰到了孕妇的肚子。

孕妇的反应是惊讶。孕妇气愤得几乎说不出话来：你你你，你敢打我？孕妇说着就腿一软头一歪，要倒。真多亏她男朋友在一旁站着，她便倒在了他的怀里。但她已颤得说不出话了，只痛苦地闭着眼喘息。周围人慌了，围了过来，又是揉胸，又是掐手，但仍没一点点效果……

老人这时早沉默了。万一……老人会不知道事情的后果？老人是想快点离开，只怕走不了。也许是怕，也许是紧张，老人突然身子一软，倒在了地上。她老伴儿见了，只一遍遍呼喊：你怎么啦？醒醒快醒醒……

情况相当紧急。便有几个好心人过来，搀起老人，就向外走去。老人倒是相当配合，步伐甚至有些轻捷。

什么时候那些好心人离去的，老人不知道。直至进了家门，她一颗悬着的心才总算落地了。

但她很快就发觉：兜里和包里的一千多元钱不见了。老伴儿急得直搓手，要去找找，她却急忙阻拦说：别出去，就不怕人家认出你了？其实，他们的钱早都被那几个搀扶她的好心人偷去了。他们当然和那个孕妇是一伙。其实就连那孕妇也是一个女人扮演的。她还没走进家门，那一伙人早就作鸟兽散了。

但多少天过去，每当老伴儿出门的时候，她还要叮咛句：小心让人认出……万一叫人认出，你就说……

虚构的陷阱

把办公桌上翻过的文件材料顺手一归拢，顺便呷口茶把茶杯盖拧上，这都是刘主任下班前必不可少的一些习惯性动作。接下来，他就该走出舒适的座椅，很有风度地把头发一抿，潇洒地穿上外衣，下楼去了。

但是那天，还没走到门口，电话响了。原来是司机小吴打来的，说车坏了。“怎么回事?”他问。小吴说：“车在家属楼下放的好好的，被人撬了……”他口气便有点冲，说：“你是不是又跟人喝酒打牌去了?”说着扔下电话出门去了。

这个小吴，越来越不像话，不说说真不行了。下午让他去机场接了趟小姨子，他不说接完就赶紧往单位赶，不知又找什么乐子去了……这样下去，以后怕要误大事了……

平时下楼去，小车总在门口等着。但今天，那里却一片空旷。没办法，他只好有点落寞地往家走去了。

其实，从办公室到家的距离并不远，步行顶多也不过二十几分钟的路程，要是走的话顺便还锻炼了身体。但这坐车与不坐车并不是一个路远路近的问题，而是一个有关人身份与地位的问题。平时，从家里到单位从单位到家里，他都在车里坐着，看别人在路上走。现在，他被风吹着，晒着太阳，心里总有些别扭和不适应的感觉。

好在有条捷径，倒挺清净的。但拐过一个路口，他却看见有三个小青年在路边站着，奇怪的是他们中有个男的掐着一个女的脖子。说到闹别扭的小夫妻或者小恋人，他见过的还算少？现在他急得可是回家见小姨子。但就在他从他们身边走过的一霎，却听见那姑娘发出一声凄厉的哭喊。平时，他对这类事可都是睁眼不看的。但现在，他的心不知为什么竟被那一声惊得一颤。

他倒是想像一个长辈似的数说那男的几句，但一回头，却泄气了：她的脸蛋长得实在太好看了——而让人把自己的名字和那样一个姑娘无端地扯在一起，是不是官场上的大忌呢？瓜田不纳履，李下不整冠。算了，敏感时期，就给自己省点事给别人少留点嚼舌磨牙的话题吧。

但他却总有点迟疑。他不是看不见，那姑娘正做着如何激烈的反抗。她也许把他当做一根救命的稻草了吧！但看那两个男的，却不是什么好鸟！他也许真该挺身而出了吧。但他站在那里，只一腔义愤，却开不了口……啊！他突然明白，他还在习惯性地等待着记者们摄像灯的亮起。没有市电视台的，最起码有一台他们部门保留资料的摄像机也行啊。就这样没情没趣地亮嗓开口，他还真有那么一点点茫然不知所措……

你说，一个堂堂的主任有没有必要把自己和街上的几个小混混硬扯在一起？更何况是这样一个场合。显而易见，最明智的选择是赶快离开。他也许刚回头走了两三步吧，那姑娘突然又一次拼命地挣扎着喊起：

"……小偷……撬……"

她的喊声也有点太凄厉恐怖了。难怪他又一次迟疑地回头看去。她的目光突然像电一样射向他，他只觉脊梁骨嗖的一麻。真奇怪，她为什么要那么挖空心思地把他拖向他们矛盾与冲突的那个旋涡呢？他想。在那一霎，他突然明白了：这是一个陷阱！而且，阴森得深不见底。不错，他的确就要荣升单位一把手了，但谁又敢轻易地否认他周围就没有觊觎那个宝座的眼睛了？你有慈悲心，是菩萨心肠，好。但就在你向那个貌似可怜的红衣美女伸出援手的一霎，你也许正好把人家为你巧设的机关触动了！到那时，不但那个男的翻脸说你勾引他老婆，那女的也许立马就把你叫老相好了……你都被人当场捉奸了，你说你还有何话可说？三年后一切真相大白了，算你运气好，但那时，你也许已经当两年调研员了……是不是黄花菜都凉了……残酷吗？的确有那么一点儿——但无论什么时候，你还指望在官场上碰到一个温情脉脉的对手吗？

他逃也似的走了。还没走到家属楼下，司机小吴早像条狗似的摇着尾巴迎上来了。"怎么回事？"他一脸威严地说。小吴却早迫不及待叫起屈来："当时楼下连个人影也没有，我刚接阿姨回来，送上楼去，就听见有人在楼下喊：小偷撬车了！我赶紧跑下楼去，小偷早跑了，只有发现小偷的那个姑娘还在那儿站着……”“姑娘？”他似乎想起了什么。小吴说：“就是那个穿红上衣的姑娘，是个家政服务员，刚给谁家打扫完卫生下楼来……”其实他早知道那小子干啥去了，只在心里骂着：你狗日的连个谎都不会撒……嘴上却说：“行啦，你也辛苦啦，休息去吧……”走了。

一晃几天过去了。一天他正翻报纸看，突然在报屁股上发现这么一条小消息：利民家政公司服务员王小丽见义勇为……遭歹徒报复袭击，身负重伤……他一看小学生们向王小丽献花的照片，突然吃了一惊。但他还是在心里默默说：世上咋会有那么巧的事？不可能吧……

第二辑

人间真情

最好的爸爸 / 往事温馨

说情 / 怀念一块烧饼的滋味

那个春雨绵绵的下午

真佛 / 渴望受罪 / 弃儿

最好的爸爸

天还没黑，他的心却早黯淡了。这么冷的天，也不知飘雪花了没有……

门被撞开了。不是风，是女儿，是女儿裹着一阵冷风进来了。女儿的刘海上落着几片雪花，脸蛋冻得红扑扑的。女儿一进门就捂着耳朵跺着脚撒起娇来："真冷啊！"他便说："没下雪？稀饭熬好了，快坐下烤烤火吧。"说着，只躲闪着女儿的眼睛——如果今天有收获，她恐怕早就高兴得像只喜鹊似的喳喳喳直叫了……女儿似乎也在刻意回避着什么，女儿只俏皮地把头伸到锅边闻闻说："啊，真香啊。"

女儿大学刚毕业，是专科，女儿的工作却还没着落。要说找工作也不是什么太难的事，但要找一个稍微满意点的单位可就有门槛了。比方说女儿眼下最想进的这家贸易公司，就有个小小的要求：得先推销三件毛衣……

要是他们的景况稍稍好点，父亲倒是宁愿把那三件毛衣自个儿买下——那毛衣贵是贵了点，但和女儿的前途相比，就太便宜了。问题是女儿上学三年的开销，早已花完了他的积蓄。而现在，他却还要供养一个正上初中的儿子……可他只是个泥瓦工，虽说这几天收工后他还去菜场当当搬运工，有点额外收入，但还是常闹饥荒。

还好，前几天已经推销了一件了。成功的大门似乎正在缓缓地向他们打开。

加油，努力！每次出门，父女俩总要击掌鼓励一番。他们的目光互相触摸着迸溅着爱的火花。

女儿整天在街头闹市跑着。女儿都快把腿跑断了，但还是没有任何收获。时不时地，手机响起……但不知为什么，她突然有点怕接电话了。同学们一个个工作都有了着落，独她，还像条狗，流浪在街头……人家都有一个好家庭好爸爸，有什么办法……想着，她的心禁不止像这积着厚云的天空似的阴郁起来，止不住一声叹息。

但是那天，她突然又像一只小鸟似的飞回了家，而且一进门就扑进爸爸怀抱说：爸爸，又卖了一件！他说：真的？快给爸说说。女儿说：是个老太太买的……你还记得第一次吗？是个老大爷买的……爸爸说：记得记得。女儿说着，嘴里只喊着“饿坏了饿坏了”扑到小饭桌前，她本来是想抓片黄瓜吃的，但是今天，桌上却只有一小碟萝卜咸菜……吃着，虽还沉浸在兴奋里，她却仍不忘批评爸爸说：爸爸，你看你，又减了一个菜，你干的都是力气活，这怎么行？爸爸不好意思笑笑说：你正长身子骨哩，多吃，爸爸身体好，没事。

虽说成功距他们仅一步之遥，但这最后的时刻似乎格外折磨人。又是几天过去，她仍一无所获，没有。

那天，她拖着疲惫的脚步刚回到出租屋门口，冷不丁突然从旁边闪出一个人问：你是他女儿？她一看竟是买她毛衣的老大妈，惊讶地说：是。大妈，您这是？老人笑着递过一个包说：是你爸爸让我买的……我和老伴明天就要到南方儿子那里去过冬，所以，送过来……她一时什么都明白了，却还不死心，问：那个买毛衣的老大爷是……大妈说：我老伴。又笑笑说：你爸爸在这里干活多年，我们很熟的……他常说自己有个上大学的女儿……

老人已经走了，她却还在那儿站着。不知何时，就有几滴泪，跌落在包里的毛衣上。冷风吹着，天上又飘起雪花，不多时，地就白了……不知为什么，她突然想起了爸爸，而且再也忍不住，头光着就朝风雪里走去了。

昏暗的灯光下，她老远就看见了爸爸背着大麻袋的身影。她只扑过去抱着他说：“爸爸，回吧。”他从麻袋下露出半个脑袋笑着说：“爸爸没有给你做饭，饿啦？”

走在路上，她坚持要买半只烧鸡，爸爸实在没办法，让步了。

回到家，爸爸什么都明白了。女儿很乖的，总想逗他开心，他却总沉默着不说话……冷不丁就空着眼对着墙没头没脑地说：都是爸爸的错，你要有个好爸爸，会受这么大委屈吗？

女儿再也忍不住了，哭着抱住了爸爸说：不，你是天底下最好的爸爸！有你这样的爸爸，我好幸福……

往事温馨

公园里，花开得正艳——其实现在并不是春季，但既是在公园里，一年四季总是少不了花香的。路多是小径，而且大多都被翠竹冬青挤得很窄……但也有一些地方，又平又宽，根本不像是路，倒像是幽静如落满鸽子的广场……

就有几个人，围着一辆轮椅，慢慢走来。

是一个老者，扶着轮椅，而扶着他的，是他的老伴，在那里练习走路。

也不知患了什么病，老者的腿显得十分僵硬。天并不是很冷，他却穿件棉睡衣，而且，脖子下还围着件围嘴儿——难道说他是个婴儿，家人们还怕他流涎水流鼻涕不成，真是的……

他走得很慢，在外人看来他也许根本就没有挪动一寸，要说走，也仅仅就是模模糊糊摆了个走的姿态，但所有紧盯着他的人却早都禁不住欢呼起来："好，好，走得好，再走一步，再走一步……"

站在老者前面召唤的，也许是他的儿子和儿媳，孙子呢，早跑到一边的草坪玩耍去了。现在，老者困乏得实在是不愿意往前挪动哪怕一步了，他虚弱得甚至连说出"算了吧"那几字的力气都没有，他只是无奈地做了个求饶的苦笑的表情……

"再走一步，走一步，走到路灯那儿……"儿子和儿媳却仍在毫不泄气地鼓励、坚持着。

他就又把腿动了动。大家便又是一阵欢呼说："好，好……"

他的眼前却似乎有点模糊了……是不是在这儿？不是这儿又是在哪儿。不过那都是三十多年的事儿了。他当时就在儿子所站的那个地方站着，当然还张着双手……而步履蹒跚的儿子却在自己这个位置站着。儿子跌倒了，儿子一次次跌倒了，儿子哭了……他却还是坚持着向儿子拍手说："爬起来……

好，好，再朝前走一步哟……”

才几天过去了，他却走得不如儿子稳当了……可儿子，却似乎比当年的他更加不近人情了……

现在，他可是连站都有点站不稳了，儿子却还在那里召唤着。也许是看他连抬抬腿都有点困难了，才和儿媳、老伴他们互相交换了一个眼色。大家便都不约而同把目光投到他的脚下。他当然明白大家的意思：从大家的表情看，他今日的成绩也许是马马虎虎过得去的……大家便都扶他坐上轮椅，推他回家去了。

到吃晚饭的时候了，还是凉拌黄瓜酸辣土豆丝那几样菜。只不过，自他病后，那一砂锅用鸡汤煲的黏稀饭就必不可少了。只可惜，他的手指再也伸不直，端不起碗了。儿媳要招呼孙儿，老伴要洗碗刷锅，他的饭，大多就由儿子喂了。儿子小的时候，他喂儿子饭，总是说儿子：“你嘴漏了?”现在，他的嘴倒真像漏了一样——儿子喂他一勺，总有多半勺从嘴角流下来，儿子只好不厌其烦地用勺子在他嘴边刮呀喂呀地重复着……的确，儿子小时候也有些太挑食了，为了哄他吃口饭，要费多少事儿：“再吃一口……听话，吃完爸爸给你买小蝈蝈玩……”有时儿子闹点小脾气，头一摇，就把他手中的饭碗撞飞了……和儿子相比，他现在多听话啊！儿子说：“再吃一口。”他就乖乖地用嘴唇碰碰勺子。儿子最后看勺子里的稀饭实在下去不了多少，才说：“不吃了？不吃了看会儿电视睡吧……”

总是瞌睡，但上了床却又睡不着。老伴就给他捏捏腿揉揉手做一会儿按摩。儿子要按，老伴说“你手太重……”不让。老伴按着，就说他：“睡吧睡吧……”他就闭上眼睛。老伴真以为他睡着了，便给了孩子们一个“别吱声快走开”之类的手势。他便静静躺着……其实他并没有睡着……老年人哪里来那么多瞌睡呀？老年人的回忆却太多太多……现在，他脑子里，早跳出那幅画面了：他在哄儿子睡觉。儿子的怀里还紧紧地抱着他的玩具——一只会儿叫出声来的毛毛熊……她（孩子的妈妈他的老伴）悄无声息地走过来，想从孩子的怀里拿走熊，他却怕弄醒他，便给了一个快走开的眼色……她便像只猫，没踩出一点儿声息，走了……现在，她又这么从自己的身边走开了……当然，现在，和她一起走开的，还有他们——儿子和儿媳……

他静静地躺着想着，不知何时就进入了梦乡……

说 情

正是初中招生的关键时期，凡是名字后面带“长”的领导们都不知藏到哪里去了。

“喂，你是教育局吗?”

“是。”我沙哑着嗓子懒洋洋地说。

“我是 A 街道办事处的，张科长在不?”

“不在。”

“喂，喂……”他一定以为我扔下话筒走了，大声地吼。

“不在!”我提高了音量。

“……那我就给你说说吧。我们居民区有个叫刘晶晶的，考号是0105，请你们给想办法安排到实验中学去吧，他学习很好……”

我学着局长大人的腔调说：“好啊，让我们研究研究吧。”心里却悻悻地想：该照顾的学生名单早都转到招办主任那里去了，你老兄拍马屁的水平咋就这么不上档次呢。

“咣。”我放下话筒，无聊地坐下。

指甲刀夹住胡子还没有拔几下，那令人浑身起鸡皮疙瘩的铃声又响了。

“喂，教育局办公室吗?”

“是。”

“招办主任在吗?”

“不在。”

“局长呢?”

“也不在。”

“……那……我是在A街道卖菜的一个个体户，请你给你们局长反映一下，我们这儿有个叫刘晶晶的同学，今年考初中，考号是0105，能否想法照顾一下，给安排一个好学校……”

我又“研究研究”了一下，扔下电话，继续入迷地拔起下巴上的茸毛。

五分钟，电话又开始烦人地叫。

“我是在A街居住的一个市民。是这么回事，我们居委会有个叫刘晶晶的，是个学生，考初中……你们教育局能否给安排一个好一点的重点学校……”

我在这里的功能本来只是说几句“研究研究”之类的话，这阵却禁不住好奇，随口问道：“请问这位刘晶晶同学是……”

一边问着，我却早禁不住自作聪明地自问自答说：“噢，噢，你是说，他爸爸是个大老板吗？”

我也没听清那位老大妈在电话里絮叨的到底是什么，只不耐烦地说：“那么他的家住在哪儿？”

大妈只急忙说：“你记着……他的家住在B巷C院D号的隔壁……”

“好吧。”我又“研究研究”了一下，心里却奇怪：这位刘晶晶的爸爸到底是个什么样的角色人物，值得这么多人一齐巴结讨好。好啦，回家正巧过B巷，何不拐去看看，开个眼界。

走进C院大门口，过了一个臭气熏天的公共厕所，我果然看见了那个门牌号码。在那个小平房旁边，果然有个油毛毡搭建的小矮房。看见有个老人正在那里淘米，我便问：

“大爷，这里可有个叫刘晶晶的？”

“晶晶？买菜去了……你看这孩子，总是蒸煳米……”

“晶晶他爹是干什么的？”

“苦命人啊，烧锅炉的……”

“不是，”我打断他的啰唆说，“我是说现在，现在是做什么生意或在哪个部门上班的？”

“现在？死啦。一月前，我在这里坐着，看见他穿着锅炉房的衣服回来，躺在床上，就再没起来……”

我一时愣在那里。忽然又灵机一动：或者他家很有钱，或者他妈神通很大……于是问道：

“那么他妈妈……”

“你是说那贱女人吗？跑了……两年前就跟一个大老板跑了……”

刹那间，我像一尊泥塑似的呆在那儿。眼泪不知何时爬出了眼角……我已很久很久没有淌过这样的眼泪了。

怀念一块烧饼的滋味

“文文，你这样像只候鸟，究竟想飞到啥时候?”记得我说这话的时候，正津津有味地啃着一只没削皮的烂苹果。我说着，文文只很贼的用眼角打量着我，大约是估摸着我有没有赶他走的意思，说：“什么，烦我了你?”我说：“我这里虽不是唐宁街十号，一只狗还养得起的，我主要是怕你这么满世界乱跑，老婆跟人跑了……”文文说：“敢?反了她了……”我说：“嘴硬不是……”

这话都是二十多年前我和文文躺在我那间破烂不堪的集体宿舍里说的。他那时潦倒得像一只满世界流浪的狗——后来他在主席台上给人作报告时把自己的这一段经历概括为“打拼”（我和他谁跟谁，当然不会揭他的老底），当然，只要这只狗一流浪到我所在的城市，我栖身的贫民窟自然就成了他的落脚点。

文文不名一文的时代不知怎么就结束了。现在他成了一方诸侯，通俗点讲就是发了，按报纸上的套路讲就是事业成功了……总之是有了几两银子，成了董事长了。这样一来，他骚扰我（应该说是看望我）的机会就越来越少了。说到这儿，我知道有些自作聪明的人早已替我把下面该说的话想好了；但请放心，我是绝不会把“忘恩负义”那四个字说出口的。人都有难处，他既是已经去一个新的生存空间了，就自有了一套新的生活方式，我怎么还指望他到一个贫民窟去蹭饭呢?再说了，他就是有那个心思，由得了他吗?难道说天底下还有不爱骨头的狗或不恋血的苍蝇吗?他既是已经光荣地成为苍蝇和狗的美味佳肴了，那么他的生命的空间除了被人家的巴结奉承以及献媚填满，还有别的选择吗?不错，现在的文文的确已经成为一方“山寨之主，不易轻动”了；但若说他偶尔公干，被人前呼后拥地来到我所在的城市，他有避而不见我这个穷朋友的时候吗？我想没有。

当然，我们再也不会啃着咸菜疙瘩光着膀子吹着电扇缩在我那间小屋里吃馍喝稀饭了。现在的文文，出入的可都是美女如云的宾馆饭店了。以前躺在我那张一翻身就咯吱咯吱响的破床上，我和文文不止一次憧憬过畅想过我们有了钱以后的种种情景。我说：“到了那时，我天天早上都他妈的去饭店里喝豆浆吃油条。我咸的要一碗，甜的也要一碗，我他妈的喝一碗倒一碗……”文文笑得肚子疼，抹着眼泪说：“我的哥，好出息哩……”我承认文文是比我看得远，但就是文文也有失算的时候啊。比方说他是想到了人家会对他点头致意，只没想到人家会对他把腰弯到大于90度的程度！在宾馆里，我们喝从西藏运来的水，也吃早上刚从广东空运来的荔枝……我便嘟囔：“也不怕麻烦？”当然，文文大多的时候都被人围着。在这种情况下，我就显得十分另类——周围人称呼文文，几乎都董事长长董事长短的，独我一个，一口一个文文叫，这就惹得大家一次次把我像外星人一样瞪。一次没人的时候，我突然说：“文文，你啥时改名字了？”文文说：“没有啊！”我说：“咋没有？你不是姓董名事长了嘛！”文文笑说：“你呀……”突然也有了点感叹的意思。

到吃饭的时候了，文文说：“吃什么？”我突然有点逗他玩的意思，说：“烧饼——你不是好吃烧饼嘛——特别是滴过鼻涕的烧饼……”文文一时没有反应过来，我便说：“忘了？在学校里，我买了五个烧饼，准备实习时带去，又怕你贪嘴偷吃，就骗你说：‘真倒霉，只剩下这五个烧饼，我看见那老汉夹饼出炉时把鼻涕掉在上面，也没办法……’没想到第二天烧饼还是少了两个……”我还没说完，文文早笑得“咯咯咯”，说：“我早知道你骗我呢……”似乎又想起什么，情绪就高涨起来说：“好好好，烧饼烧饼……走……”

开起宝马上路了，但烧饼铺在闹市区似乎有点不大好找，我们便去了郊外。过街串巷找了一路，烧饼摊有倒是有，但一个个却似乎都不是那么回事。终于，在一个菜场我们停了步。卖烧饼的也是个老头，更妙的是他的鼻尖上也悬挂了一粒液体的透亮的钻石——难道说我们学校门口的那个卖烧饼的老头一年四季不正是那个样？我们便一人要了一块尝，味道却似乎有点走样……旁边也有一个胖大嫂在卖，虽说她的饼很高档很贵，里面的馅儿多得快撑破皮，一吃也令人失望……文文便拿着饼不吃只朝我望，意思是：难以下咽……我的回答是“随你便……”文文便把那饼放在车里，说了声：“走，回……”

我们在宾馆点了菜。吃着，文文还是若有所思，说：“下次回家，咱们去学校门口吃一回烧饼行不行?”我说：“就咱俩，我就去……”文文说：“行……”

那个春雨绵绵的下午

开学没多长时间，许多人还穿着过年的新衣裳，但雪却不再下了。天常阴着，也搞不清究竟下雨了没有。下也下得很小，有些像雾的味道。所以雨来雨去时的脚步声就常轻得让人听不到。

父亲就是踩着那样的脚步在寒风里一路问到我们教室旁的。

那时，我们正在教室里上课，就突然听到一个洪亮的声音在门外响起：“毛蛋在这哒（里）没有？”

全班人的目光刷地聚焦到门口，门早被一张脸挤开一条缝了。在那一霎，我只觉一股热血呼地涌上我的脑顶，我的脸刷地红了。这时，一阵阵轻蔑的笑声早抑制不住地在教室里响起……这也难怪：那乡巴佬……也实在有点太可笑了！他光秃秃地穿件油腻腻的破棉袄，扣子全掉了，只用根藤条系着，却还是裸露着一大片胸膛和脖颈……裤脚上，还粘着风干的牛屎……他，刚出现在门缝的一霎，我就认出来了……

老师来到门口，老师指缝里夹着粉笔，说：“老人家，我们班没有叫毛蛋的。你下课再来吧。”

老师闭上门又讲课了，但教室里的骚动却更加严重了。同学们都互相取笑说：“看，你爹给你送馍来了。”我的头虽一直低着，但凭直觉我还是意识到那个人正把脸像一张纸似的贴在窗玻璃上朝里看着。我感觉我脸红得都快冒火了……果然，他瞅见我了。他的样子，却还像站在自家炕头，只顾大声嚷着：“毛蛋毛蛋快出来……”

同学们轰的一声笑了。我却仍装着没事人的样儿，不吭气。老师便有点生气的样子，推门出去说：“嚷什么嚷你？正上课……去去去……下课了再来找……”

我几乎是跟在老师的屁股后面跑出教室的。我当然听见了父亲那一声声“毛蛋”的呼叫，但我却没回头，只急冲冲地朝大门外走去。终于，在校门外一个墙旮旯我停住了。父亲好久才赶了上来，但我却背对着他，父亲就背靠着墙角，嗤一声擦着墙蹲了下去。我在心里说：“真不讲卫生。”嘴里却气得什么也说不出来。

好半天我没说什么。我当然一直保持着一个相当完美的站姿。尽管如此，我也不忘得空便提一提衣领抿一抿头发。这么一直站了好久，我的肚子还是气得胀鼓，便没好气地说：“你怎么来了？”我家离学校三十多里，父亲还从没到学校来过。听我的口气，父亲怯生生地说：“耽误你的学习了？”我只偏偏头什么也没说。

父亲说：“我到镇派出所去了……”父亲说着，顺手打开一个布包，包里还有两块红薯，父亲说：“你吃红薯。”我还是有点气，说：“我不吃。”父亲便笑，说：“红薯甜得很……在派出所，那个警察问我：‘你包里装的什么，抱得那么紧？’我说是红薯。他看了看笑问：“甜不？”我说：“你尝一个。”他便拣了个大的，吃了连说好。我说：‘好吃再吃一个。’他说饱了。早上来的时候，我共装了三个，你吃……”

父亲说着笑着，我的心却一阵阵颤抖。家里那点粮食，大多让我带走了。我一日两餐，虽说也常半饥半饱，毕竟吃的粮食。可怜父亲出趟远门，带的干粮竟是红薯！想着，我说：“你上镇派出所来干啥来了？”

父亲的脸色阴沉下去。父亲轻轻叹了一口气，说：“唉，德宝家又挪咱的地界了……”

我的心一下沉下去。我们家的自留地和德宝家毗邻。德宝仗着自己是小队会计，又有三个一锄把高的儿子做后盾，便常挪地界侵占我们家的自留地，为此不知和我们家吵了多少次架……现在，看着父亲脸上的青紫、棉衣上新露出的棉絮以及裤子上粘的牛屎，我依稀知道了一切，只望着父亲说：“他们打你了？”

父亲凄惨地笑了笑。父亲说：“我已经告到派出所了……警察说一有空就下来处理了……”

不知不觉间雨越下越大了。不知什么时候雨水已淋湿了我的头发；我只一任它在我的脸上泛滥也不知去擦一把。我只深情地看着父亲，原来，他一直像座山，庇护着我，我却一直像只鸡雏，生活在他的翅膀下……但在那一霎，我却什么也说不出，只轻轻地叫了一声："爹……"

父亲似乎蹲在那里歇足了力气，笑笑说："爹难得来镇上一趟，顺便看看你……地里还有活，爹回啦。这两个红薯，你留下。"我不要，说："爹，你一天没吃饭了，留下路上吃吧。"爹说："你是娃娃，正长身子骨，要多吃，听话……"说毕，就转身向雨里走去了……

手里拿着那两个红薯，在雨里站着，突然，我听见有人喊我："张志鹏，你在那儿干什么？"我说："送我爹。"这时，也不知是雨水还是泪水在我脸上横流着……

真 佛

城西那片住宅楼一夜间虽像雨后春笋般冒了出来，但那里的商业其实还是一片不毛之地。我那时刚从学校出来，无所事事，所以脑子里终日琢磨的就是在那里播种点什么的事。我心里那点小九九自然逃不过老爸的眼睛。一晚，他把我叫到跟前，向我展示了他我从未领略过的威严，并打开一口小木箱，抱出一个红包袱，慢慢打开，就把那尊锈迹斑斑的小铜佛摆在我面前，说：“你小子无论搞啥我不管，但你小子要记着，无论干啥，都不能亏了良心。这尊佛是你爷爷临终前托付给我的，眼睛亮得很，谁要亵渎，必遭报应。”我一下跪下去接过那尊佛说：“我记下了爸爸……”

就干饭店吧，不说投资少门槛也低呀。在招聘了一个名叫大头的厨师后，一个名为“佑良”的小吃店便横空出世了。那尊小铜佛自然在店里最显眼的地方供着。但几天过去了，生意却并不好，吃客稀稀落落的，上门向我搞推销的人倒是越来越多了。他们一进门就问我：要面不？我说：什么价？他们便说：一斤六毛。我吃惊说：不可能。他们便打开面袋说：看吧，可白。我立即知道是怎么回事了，说：不要。也有卖油的，说：一斤五毛，要不？我当然听说过有坏良心的人卖泔水油的事，便下逐客令说：快走！慢慢地，在我门前来招摇的这些人就绝迹了，来吃饭的人倒是越来越多了。大头高兴得合不拢嘴，说：“老板老板，咱隔壁的那几家小吃店都关门了，客人全上咱这儿来了。”我说：“大头你别高兴得太早，你给人家把饭做好……”

我听大头的主意，把店面扩大后改成火锅店了。为此我还专门为我的小铜佛做了一个小神龛。当然，生意很难做，仅在我眼皮底下的竞争对手就有三个。但我不能退缩，因为我压根儿就没退路，我输不起啊！这时，就有个远房亲戚找上门来了。看我已开店两年，还没发财，我这位堂叔惋惜得直叹气，说："我的天！现在还有像你这么做买卖的人么？你赶紧把采购进货那一摊子交给叔吧，我保证让你的成本一下子下降四成，这难道不是利润吗？"我好赖也在道里混几年了，他一撅屁股我早就看出他想屙啥粪了。我说："叔，我就是不挣钱，也不愿拿注水肉、假羊羔肉、人造粉条……来骗人，那亏良心，晚上睡不着觉啊。"我叔遗憾得直摇头，走了。我和大头苦撑着，生意终于有了点起色。但晚上结账，我却突然吓了一跳：怎么卖了这么多钱？不会呀。我正疑惑着，却见大头只在一旁狡黠地微笑着不吭气。我觉得有猫腻，问：怎么回事？大头看瞒不过，说：我看客人太多，就就就减了菜量，多卖了十几桌……我还没听完早蹦了起来说："大头你这不是偷工减料嘛！大头你这不是昧良心欺骗客人嘛！大头你你你快走吧，我没有你这个朋友了！"大头看我气成这样，叫了声老板，哭了。我眼角也湿润了。我说："大头，我不是老板，你要还是我的好兄弟，就给我在铜佛面前起个誓，把你侵占的明天给人家全部吐回去。"大头这才抹了一把眼泪，扑通一声在铜佛面前跪下了。

生意越来越好了。随着对手们被我兼并的兼并、关门的关门，一种有关我那尊小铜佛如何如何灵验的传闻在坊间不胫而走了。有些人到我店里来甚至不是为了来吃饭，而单是为看一眼小铜佛。大头有一天悄悄告诉我说：老板咱把小铜佛另放个安全地方吧！其实我也发现有人在打小铜佛的坏主意了。一天，就有一个提公文包的人找上门来，说：你那尊小铜佛卖不？我说：不。他说：你开个价听听。我说：25 万。他说：成交。我说 25 万原是想吓他一跳的，不想他却把我吓坏了。我连忙说：对不起老板，这尊佛是我祖传的，要卖，我得先问问老爷子。我把此事向老爸汇报了，老爸连眼珠都没动一下说：不卖！

这一下，我那尊佛就被人传说得更加离谱邪乎了。有些人甚至认为：它最少值 100 万。因为其一，它是祖传的古董。其二，它有灵气，佑人发财——要不在这一片地方，为何唯独我的生意越做越大了呢？

恰巧中央电视台《鉴宝》节目的专家们来了。员工们缠得我不行，特别是大头，说：老板你就带咱的小铜佛去吧，街上都传疯了，说它……我说好，就去了。

专家们的结论却令人大跌眼镜：它只不过是个新做的工艺品，价值最多 300 元！

我一问老爸才知道，原来这尊小铜佛是爷爷当年从一个小商贩手里买下来的。那小商贩几天没生意，饿昏在路边，爷爷可怜他，才买的。我一听立即埋怨老爸说：既是尊假佛，人家出25万，你为啥不卖？老爸一听立即反问说：去昧良心去亏人？看我低头不吭气了，老爸又缓缓说道：其实佛本无所谓真假的，你信它，它就是真的；你不信它，它就是再值钱也无异于一块铜疙瘩或泥巴坨……

当然，那尊小铜佛现在还在我店里的小神龛里端端正正地供放着……

渴望受罪

放下电话，吴局长像散了骨头架似的一下子软在皮椅里。电话是儿子所在学校的校长打来的。要说校长的口气也蛮亲切客气的，只说儿子最近一次小测验的成绩有点不尽如人意，让家长配合配合……但他心里却明白：若不是儿子的表现太过出格，人家是不会平白无故来这个电话的。换成别的学生，班主任恐怕早都把他爹娘请到学校去了。但他却不一样，他若要去学校，校门口就得挂“欢迎吴局长莅临指导”的横幅，而且还得“便饭”作陪……儿子在这里上学两年，他们局哪一年给学校的资助又少过50万了？

他是个苦出身，一路蹒跚走到今天，容易吗？正因为如此，他才对今天的一切格外的珍惜在意。他不像有些暴发户，一朝发迹，就忘了姓啥为老儿……不，在单位，他不啻辛劳得像头老黄牛，而且谦恭得像尊弥勒佛；而一回到家，不管身心有多疲惫，他都要一遍遍检查询问儿子的作业功课……有多少次，话到动情处，他甚至流下了热泪：“儿啊，你知道爸爸那时的日子有多艰难吗？吃不饱饭，没钱买笔和作业本，笔都是用竹签削的，本子是用包装纸裁的……点的煤油灯，但爸爸常常一熬一个通宵，早晨一擤鼻子，鼻涕全是黑的……但爸爸的成绩却常常是全班第一……”儿子总是听得如痴如醉，而每次讲到这里，他的鼻腔里总是弥漫起自己的眉毛头发一次次被煤油灯烤焦的糊味……他心里苦啊。几个汇报事的人走进来又知趣地退了出去。就这样枯坐到快下班的时候，他突然对司机说：“去接接阳阳……到白鹿原小院去……”

白鹿原小院其实是个蛮朴素的农家小吃店。吴局长之所以一片苦心选这儿用餐，恐怕不全是尝尝鲜或填填肚皮那么简单。阳阳怯生生地进来了。他的笑却是那么的贴心温暖……吃着聊着，阳阳就把挨揍的危险全忘了。凉拌榆叶、酸辣醋粉、水煮蔓菁……菜一道道上着，阳阳更感兴趣的却是爸爸的讲解……说着说着，吴局长的口气就有点变了：“人无论在何种情况下都要不畏艰险，知道上进才行啊……那时，爸爸才9岁，放学回来，没有吃的，熬到天黑，才摸到地里，刨开雪，挖蔓菁……蔓菁偷回来了，却没煮的柴火，就又爬到地里，偷牛粪去……又不知道牛粪在哪里，就一块块地嗅或掂分量……回到家，才用个瓦盆，煮……”听着，阳阳突然说：“爸爸，放寒假你能带我回奶奶家吃一次吗？”“行啊。”吴局长激动地说。儿子有学好的愿望，他咋不高兴啊。

工作固然重要，但还有比教育孩子更加刻不容缓的事吗？吴局长安排了一下工作，回家去了。

做奶奶的一听儿子这次回来想如此折腾她的心肝宝贝，先不乐意了，便数说起儿子：“这么冷的天，黑灯瞎火、冰天雪地的，你就不怕孩子感冒着凉了？”做爷爷的到底看得远，咬咬牙说：“挖就挖去……”换成别人，谁敢糟蹋他田里一棵蔓菁，不把他腿打断才怪——要知道现在一棵蔓菁到夏天要收获一小碗油菜籽呢。只是牛粪有点难找，因为现在已没人家养耕牛了。但为了孙子，他还是挎个篮子，到很远的一个奶牛场去了一趟……

那天晚上，奶奶早做好饭了，吴局长却不让儿子端饭碗。阳阳早有点熬不住了，只不断催爸爸说：“怎么还不走？”爸爸说天还没黑透急什么。奶奶只一遍遍捏孙子的衣服说：“天那么冷……”其实她把自己的皮毛坎肩都给孙子套在羽绒服里面了。没打灯笼更没拿手电筒，父子俩就高一脚低一脚摸到油菜地去了。

地冻得像石头，即使真摸到一棵蔓菁，也挖不下来。他们只好满地搜寻着。还好，有一小片地是刚松过土的。吴局长当然明白这是谁做了手脚。正起劲地挖着，突见地头闪过一束亮光，便有人喊：“谁在地里？是不是偷蔓菁的？”吴局长便给儿子说：“快跑，是生产队长抓贼来了……”

气喘吁吁地跑回家，放下蔓菁，又去地里捡牛粪了，阳阳的手虽冻得像胡萝卜，情绪却好极了。

牛粪其实只是个摆设，奶奶终于在炉子上把蔓菁煮熟了。这份来之不易的晚餐看来真是味道不错，阳阳几乎把泡在香油和芝麻酱里的菜叶一点不剩地都吃完了。吴局长的工作虽然很忙，但阳阳却还是不想回去——因为他把爸爸上树掏老鸹蛋吃、点煤油灯看书等昔日的往事还没有一一体验完……

阳阳依依不舍地回城去了。后来爸爸带他去饭店，一吃野菜，他总是说：“还没有我奶奶做的好吃。”至于学习，却还是没太大的起色。吴局长工作再忙，也不忘启发开导儿子几句。一次正说着，阳阳突然说：“爸爸我真羡慕你，小时候那么快乐幸福……你干脆把我也送奶奶家去吧……”。

弃 儿

狗剩像条鱼似的在火车站熙攘的人流里窜动着。他有点疲惫，他干裂的嘴唇和闪着凶光的眼睛毫不掩饰他内心里的焦急……已经有三天没有吃到点像样的东西了，而且这多半月来几乎可以说没干一宗漂亮活儿……他焦渴的眼睛在人们的手里身上探寻着探寻着……因为他的职业是“钳包”的。

眼下就有一个非常理想的“猎物”。狗剩不会看错，那人沉甸甸的大包里决不会少装货，而且，那人正急切地站在卖票的窗口旁等待着一个能助他一臂之力的人出现。狗剩就走了过去。那人显然也早已注意到了他，用眼神打个招呼，说：“喂，伙计，帮帮忙，替我看会儿包……人太挤……我买张票……”狗剩吃了一惊，用挑剔的目光看看他——因为在他的钳包生涯中，还从没人用这么信任的口气和他讲过话，这倒使他有点不自在起来，但他还是点了点头。

那人一转身就淹没在了人群里，他竟没有回一次头，没有……下午的时候似乎到了。狗剩现在完全可以像一位体面的绅士那样掮上包走自己的路了。但是，他没有……他突然被一种十分陌生而美妙的感觉陶醉了……正在他想着这事儿有什么不对劲的时候，他突然瞄见了一个十分熟悉的身影。

不错，是派出所的老周，尽管他穿了身便衣。他们打了多少年的交道，他被他逮住过多少回，他会认不出他，笑话！他狗剩就是再笨，今日也要逃出老周的手心。但是，他没有动。他心里突然起了一个奇怪的念头，他想让老周看看，狗剩我今日可不是钳包的，而是受人之托在这儿看行李的……

饥饿像蚕虫一样正偷偷啃咬着他的心。他燃了一支烟，把脸转向老周，抽着……

时间一分一秒地过去，买票人却还不见回来。

老周似乎已有点耐不住性子了，故意咳嗽着从他面前走过去。那意思显然是在说："你今日可跑不掉了，我已经盯住你了。"他却没有低头，反而一屁股坐在大包一旁，自在的就像是看瓜园的孤老头似的吐起烟圈来。

凭直觉他知道老周即使不露面也一定在某个地方潜伏着，他们互相僵持着，他有点替老周惋惜……他奇怪那个人怎么还不回来呢，同时又隐隐希望他再晚一点回来，好让老周多看他一会儿……

树影已经走过去了有七八步远，但他还是在老地方待着。他不能再挪到荫凉里去，他怕那人回来时找不到他。

他很喜爱老周现在看他的目光。在火车站二十多年，他还从来没有过这种体验。他是在流浪汉堆里长大的，在他的记忆里没有父母的位置。他受惯了人们的白眼，也尝够了唾沫星的滋味……谁用正眼看过他？谁见了他不都像踢一只狗似的给他一脚？可今日，他终于被世人当作一个真正的人来看待了，他也变成一个"人"了！他真想站在火车站的广场上大声呐喊起来："看吧！你们都看吧！老周你看见了没有啊……"啊！被人信任的滋味可真是美妙呀！

但是，树影已经走过去有十几步远了，买票人却还不见回来。要在平时，他恐怕早已高兴得跳起来了。但是今日，他的心里却像针扎似的不安了：买票人呀买票人，你快点回来吧，你要是不回来，让我怎么办呀！我不是肚子饥……我不饥……我现在肚子一点儿也不饥……

他鹰隼一样锐利的眼睛在川流不息的人群里搜寻着。他忽然在路旁的大树背后看见了什么……他不顾一切地大叫起来："喂！你的包！你的包！"

那人走了过来，却只轻轻地叹了一口气，说："谢谢你……"。

狗剩却看出他的脸色有点不对劲，就急切地问："怎么？没买着票？"

那人的眼皮耷拉着，心思却不知迷失到哪儿去了，过了好半天，才没头没脑地喃喃出一句："你是个好人……你是个大好人呀……"

狗剩感到眼眶里热乎乎的，狗剩只傻笑着。

那人却还呆呆地在包边站着。也不知过了多久，才又莫名其妙地蹦出一句："你是天底下难寻的大好人呀……"

难以克制的热泪终于哗地涌出了狗剩的眼窝，可他不知去擦，一任它流着。他傻笑着……透过满脸纵横的热泪，他看见那人走了。直至那个沉甸甸的大提包消失在他的视野。

提包人一出火车站就慌忙把提包打开了。包里是个吃了安眠片仍在熟睡中的婴儿，婴儿额上的那块红痣看起来并不是太刺眼，但兔唇的裂口看来却是相当的严重相当的明显。他把婴儿轻轻抱在了怀里，暗暗在心里想：也许，当我把在树背后看到的那个好心人的事告诉她之后，她也会像我一样为自己的过错感到羞愧……

第三辑

世态万象

怪人之死 / 垂钓高手

真理与谎言 / 错觉

垃圾老五 / 有些事不必说破

习惯鼓掌 / 一把豌豆

别不拿我当回事

怪人之死

连张家平大爷自己也说不清楚，他是什么时候被人叫做怪人的。他真搞不明白自己到底有什么奇怪之处，一切都平平常常的哟。要说他有什么异人之处的话，那就是他的脑子里还残存着一块弹片，那弹片是从左脸颊打进去的，所以便留下了一个很大的疤痕。正因为如此，他的表情便总僵硬着，脸总绷着，小孩儿见了总是跑开，误以为他要骂谁。其实他的性子温和得连条狗都不愿骂的……但人就是这么叫他，有什么办法。

说起弹片的事话就长了。那时他还是个十七八岁的小伙子，一听日本人打进中国来了，就要上前线去。他爹不让，说我就你一根独苗苗，你走了地谁种。他说：狼都咬到咱家门口来了！一天半夜，就偷偷跑了。几年间，到底打了多少回仗、负了多少次伤早记不清了。其中一次，就在头里埋下了那块弹片。仗打完后，才又回到县上，却再没种地去，而是去县供销社当副主任了。

但不管是打仗也罢工作也罢，他都还像种地时一样，只知道手脚不闲，恨不得把活干完……要说缺点，就是嘴皮有点笨言语有点慢，所以进步得就不快。人常说，要张家平主任表个决心发个言简直比生个小孩还难。最典型的一次，是单位搞革命传统教育，非让他这个老革命作个报告，他没办法，就上了台，可还没说几句，却泪如雨下，哭得说不出话来：哪次打仗不死人啊！都是我的好兄弟啊！有时正吃着饭，说鬼子来了，放下碗就走，可有些弟兄却回不来了；我回来继续吃，他们的碗却放在那儿再没人端了……有次打埋伏，一炮打过来，班长就扑在我身上，我的头挂彩了，班长却死在我的背上……讲到这儿，就哭得再也讲不下去了。后来，不管别人再说什么，他都不愿再讲了。他说：“他们都死了，我还活着，还有什么好说的。”他只是埋着头干活。到后来，他身边有些人就升上去当局长、县长去了，他却一点儿不眼红，依旧干得有滋有味……

刚开始大家只是觉得他的说话行事和人有点不大一样，直到后来那件事的发生，才有人说：“那个人真怪。”当时单位要招一批人。名单虽未公布，但是大家都心知肚明：铁定的有杨老板的小姨子和郝主任的小外甥，至于单位职工田苗苗的女儿，虽是在家待业的大学生，他爹又是个残疾人，家庭困难异常，则有点玄。哪里会想得到那次最终只招了田苗苗女儿一个人！田苗苗刚开始以为是做梦，后来又以为是有人开玩笑，到最后才只想趴在地上向谁磕个头——只找不到佛是谁。几天后才听人说是张家平跑到县政府去大闹了一回……田苗苗实在不知道怎么去谢谢“佛”，只想着张家平有寒腿病，便去商店买了条电热毯，也知道张主任的性子怪，就瞅着他出外，送了去。没想张家平回家一见，只冲老伴骂：你就不怕……老伴冤得直掉泪说：有本事你退回去试试。那时已是深夜，张家平马不停蹄，带着电热毯就上田家去。苗苗哪里肯接，他一翻脸只骂道：你别把人看扁了……

由于工作方法简单粗暴，几十年过去，他的职位原地踏步。就到离休的时候了，因为他资格老，退休工资就高，除了这补补那免免，药费还全报销。其实在家里养养花抱抱孙子也蛮不错的。一次吃着饭，二女儿忽然说：“爸爸，把你的医疗证我用用。”他说：“干啥？”女儿笑说：“爸爸你别怕，不是我用，我是想用它给咱到医院去开点大米香油和味精……”他没好气，说：“邪门歪道。”女儿说：“谁家不这样，医院生意好死了。”他只狠狠瞪女儿一眼说：“那是国家的钱，能随便用？”女儿噎得半天咽不下饭，说不出话。唉，怪只怪儿女们手头不宽裕，日子过得紧巴啊，要不谁会像乌眼鸡，瞅他那碗里几颗米啊。一次孙子发烧腹泻，儿子从老妈的手里把他的医疗证拿去用了一回，事后他老大不愿意，当着儿子的面说他下回要掏腰包看病去。儿女们真不明白自己父亲何以对他们如此生分，连老伴也多次劝他说：“你这样对待孩子们，等走不动了看谁来伺候你。”

儿女们的确来得越来越少了，有时看病，就自己去。医生们讲究效益，对他们这类人开药总是毫不吝啬。药总吃不完，都放过期了，过期了也舍不得扔，继续吃……年龄也大了，就死了。

小城不大，转眼间大家便都议论纷纷说：怪人死了……

在他的骨灰里人们果然发现了黄豆大一个小弹片。一段如此刻骨铭心的记忆，就这样从一个人的脑子里抹去了。也许他也是一个弹片，永远地要从小城人的记忆里消失了……

垂钓高手

老范人不赖，工作也不错，运气嘛，也不能说没有，虽说来得晚了些。人都说天上没掉馅饼的事，但偏偏就有一个副局长的职位不偏不倚从天而降，并且还端端正正地砸在了他那已经日渐光秃的头顶上。老范不知道，那是几个人争那个肥缺搞得实在不可开交，才让他捡了个漏。人们便都说吉人自有天相，老范有福。

人真是个怪东西，原先老范当股长还不明显，但被人局长长局长短叫了几天，老范的心里便影影绰绰生出了一些奇怪的想法：什么时候把我局长前面那个副字去了就好了……

也不是没有那个可能性，但前提是得先有点资本——而老范分管的工作是廉政，你说这块山芋烫手不烫手？老范有个爱好——那就是到河边垂钓。想来想去老范突然开了窍：对，就带他们去钓鱼。

名义上是去玩，但钓着钓着老范突然开了口："同志们啊，大家看见了没有，鱼儿为什么上了钩？这就是贪嘴的下场！饵料是毒药，贪婪是陷阱……"大家听着听着才明白过来，原来范副局长是带领大家到河边开会来了，便都说："绝，好，你这个方法真新颖，范局长你可真是个人才！"范局长说："大家要不反感，以后每周六就来活动一次，如何？"大家都说这样的学习机会太难得，放弃岂不太可惜？

要说周末到河边去钓钓鱼也不是什么太大的负担。一则呢可以趁机去乡下散散心透透气，二则嘛也丰富了大家的餐桌……但把它作为廉政教育的课堂，全县少有。老范一时名声大噪，便有不少部门单位，前来观摩。开始的时候老范的确理论联系实际，讲得生动，但到最后，却往往跑题，不知不觉就开始了钓鱼知识普及……不过，老范的鱼的确钓得很不赖，他要钓蟹，虾就不会咬钩；他要钓鳖，捞上来的就全是四条腿的……到年底，老范就戴着一朵大红花，上台从县长手里把一张廉政工作先进个人的奖状抱回了家。

不过，既是个当领导的，吃吃喝喝的应酬事想来总是免不了的；而且，时不时还来个敲门的，当然没有一个空着手的，大包小包的，恨不得把超市都搬过来。在这种情况下，老范总是耐心地解释说：有啥事你就直接说，这个就大可不必了。实在推不过，老范就严肃地说：“我们正在搞反腐倡廉模拟课堂，知道不！”

但也有很难推托的，比方说单位一个临时工要转正，就找了他好几次。他虽承诺一定帮这个忙，但却一口回绝了人家的“意思”和“诚意”，这就很让人放心不下。一次老范正帮老伴拾掇刚钓回的鱼，却突然对着一条打开的鱼腹惊得直叫：“老伴，快过来看这是啥！原来是从鱼肚子里掏出了一枚钻戒。”老伴激动得直叫：“快给我看看。”老范只骨碌着一双警惕的眼睛说道：“真奇怪……莫不是个饵？”老伴说：“你莫不邪火攻心走了魔？”

那枚钻戒后来就摆进了局反腐倡廉成果展览室的玻璃柜，而且不久就成了全县反腐倡廉工作的一枚硕果。

老范也可以说一下子火了起来。就在那年中秋节，在全县科级以上的干部中进行了一场钓鱼赛，名称就叫做“反腐倡廉杯”钓鱼大赛。老范的成绩自然最好。从单项上看，他以一条三斤半的大草鱼折桂，从总成绩上看，他以二十八斤的好成绩领先。“反腐倡廉杯”的得主当然非他莫属。

但慢慢地，奖杯奖状得的越多，老范的心情却越不好。这么多年过去了，他局长前面那个副字始终依然如故，真令人不快。更令人心焦的是，他已快到退居二线的年龄……他真想不明白：那几个资历比他浅、年龄比他小、成绩比他少的人凭什么一个个都升到他前面去了？他梦里的那条大鱼，何时才能上钩？

他想是不是自己平日和县长沟通的少了。于是有一天他瞅机会十分含蓄地对县长说：你看看我的工作还有什么需要提高改进的地方？县长亲热地搂着他半个肩膀哈哈哈笑着说：老范，不错不错，继续努力……努力……

老范的情绪越来越差，有一天钓鱼时竟忘了下饵就迷迷糊糊睡在了河边。不知多少时间过去了，大家收拾要回家，才惊讶地看着他收起的光鱼钩说：

范局长啊，你不下饵拿个光鱼钩钓什么鱼啊？

老范一下被惊醒了。过了好大一会儿，才嘿嘿嘿地独自笑着说：是啊，你不下饵，钓什么鱼啊？

明白自己的局长梦十分渺茫后，老范对周末那个活动的兴趣就越来越差，到最后，干脆就不参加了。

老范什么时候退出了人们的视线学起了太极拳，没人知道……

真理与谎言

古圣言教授正吃饭，吃着吃着忽然朝窗户支起了耳朵，刚刚塞进嘴里的那块萝卜干也忘记嚼了。

“收废品喽——”楼下哐哐哐地响过一辆架子车。

老伴有好几回发现他这副模样了。

天很热，站在书本堆成的巷道里的老寿星电扇醉汉似的晃晃悠悠地转着。古教授一边抚摸着那一摞摞尚未打开包装的新书，一边喃喃自语：“这书……”

老伴望望他，轻叹了一口气。

一向超脱得闲云野鹤似的哲学教授古圣言确实遇到了麻烦：他用毕生心血铸成的《论真理》一书出版后竟无人问津，销售不出。出版前，人家就有言在先，不好卖。他却不信。甘愿不要稿费，自己再包销两千册。结果，除给熟人送送，基本就没卖。老伴曾建议：给学生发发，到街上送送，一了百了。老古就不允。他也曾花钱在晚报上登了广告，也托人在小书摊上代销过，然而，时至今日，那“真理”还在屋里堆着。

此时，古教授挠着一身痱子，有点无奈地站在“真理”的巷道里说：“既是世风日下，人心浮躁，这书暂不为人世所识，就不如当废品卖了算了。”

老伴想了想，也说：“只有这样了。”

于是，就叫住了几个收废品的老汉。他们一看碰上了钱串子，个个眉开眼笑。买了书，仍意犹未尽，然而看看教授四壁皆空，唯墙上一帧字画又黄又旧，笑问：“师傅这幅字卖不？”（那几个字是“君子居之，何陋之有”）

古教授苦笑着摇摇头说：“不卖。”

就在那晚，有好友告知老古，他的书刚拉到大街，就被一戴墨镜的青年人截走了。

过了几日，老古有课上班，却见阴暗处有不少鬼火一样的眼睛瞪着他。他明明感觉到背后有人嘀嘀咕咕地指点他，回过头，却鸦雀无声了……第二天早起，上厕所，老古突然望着门口呆住了。

谁昨晚从门缝塞进一张晚报。

他捡起，无意中一翻，核桃大一行字滚入眼帘：真理还是谬误——评古圣言教授新著《论真理》，作者：雾言。

老古一急，拿着报直折到办公桌前，迫不及待看下去：

“……众所周知，古圣言是我省最有成就的哲学家之一，然而他的《论真理》一书中的许多观点却颇值得商榷……该书以评价弗洛伊德，弗洛姆等人为幌子，行贩卖其货色之实，其消极性实在空前绝后……书中消极的甚至反动的观点比比皆是……若任其泛滥社会，必然给思想造成极大混乱……建议有关部门立即采取断然措施，彻底查禁……”

洋洋洒洒几千言，老古看着看着，只气得浑身发颤，咚的一拳，砸在桌上，墨水瓶跳了半拃高，落在水泥地上，碎了。“简直信口雌黄，我明天要找律师告他!”

然而在床上想了一夜，老古又改变了主意，何必为一篇只能当手纸用的文章动这么大肝火。更何况真理毕竟是真理，怕谎言还是咋的……

一天中午，一个戴墨镜的青年人忽然叩响他的家门。

“我就是雾言，我给您道歉来了。”

老古一愣。

“我真名叫吴雁，是您的学生，93 届的。那天，是我把您那几车书截住了。知道了是怎么回事，我心疼得都快掉泪了……当然，毫无疑问，我那篇文章是信口雌黄、胡说八道，但是，为了我喜爱的书——《论真理》，我却不得不出此下策，以吸引人们的眼球……情况应该说不错，由于那篇文章，您的书被抢购一空……好啦好啦，我现在给您交账：1921 本书一共是 65465. 35 元，扣除收废品的给您的 128 元，剩余 65337. 35 元都在这儿（他顺手放在门口的小几上），您点点。再次请原谅一个学生的无理冒昧。再见……”

老古的嘴张得大大的，却没喊出声。老古迅即趴在窗口，吴雁早已没了影儿。

错 觉

爸爸因患脑血栓住了院，可忙坏了我们一家人。妈妈接连几天都把主要精力放在给爸爸做饭上，什么菜贵就买什么。我和妻子刚从医院陪护回来，她老人家站在锅台旁一边用铲子翻菜，一边不住嘴地叨叨：“今天来看你爸爸的人多不多?”

爸爸是厂里的老领导。以往爸爸有了病，看望的人都多得排长队。这次爸爸害了这么大的病，却……

妻子因此有点怅然地叹口气，说：“没……没有，今天早上没有……”

“怕是都让那小护士给挡在大门外面了。”妈从锅里铲起一块红艳艳的排骨咂摸着滋味说：“护士给我交代过，你爸爸的病可不能累着。”

我默默地坐在小凳上剥蒜，心里却想：爸爸又不是在外面的医院住着。在我们这个几万人的大厂里，谁又不认识爸爸。哪个护士吃了豹子胆，敢阻拦探望他的客人?

突然，妈妈从嘴边移开排骨支起了耳朵喊我，说：“佳佳，快听，楼下好像有人叫你爸爸。”

我竖起耳朵听了一会儿，没有。妻子还是不死心地打开窗户，探出半个身子，向楼下张望了一阵。楼下什么也没有，她只默默地向妈妈那期待的目光不易觉察地摇了摇头。

妈妈继续翻起了排骨。翻着，突然就有点若有所思地嗫嚅说：“佳儿，你看你爸爸的表情，是不是有点变……变痴呆了……”

我叹了口气低下头去。“我看……爸爸……爸爸……爸爸他老人家还是从前的老样子……笑起来我看还是那样……那样……甜蜜蜜……”我还想再安慰她老人家几句，她却突然向我摆了摆手说：“你听——”我便随着她的眼神向着某个遥远的地方支起了耳朵。这回，我似乎真听到了一丝丝熟悉的声息："腾、腾、腾、腾……"不是人一步步登楼梯的脚步声又是什么！我们几乎都屏住了呼吸，只等待着那一阵悦耳的门铃声突然响起。这时，妈妈突然说："佳佳，快去开门。"

我去了。却一脸失望地回妈妈道："没人。"

我们于是各人干起各人的事。过了好大一会儿，妈妈突然又情不自禁地嘟囔道："也不知道你爸爸他还能不能恢复到从前……"

我说："能，一定能。医生说了，有啥好药，不管是中国的外国的，也不管多贵，都给爸爸用……妈妈你就把心放在肚里好了。"

妈妈的脸上似乎也稀稀薄薄地有了些兴奋说："真的？自从你爸爸有了病，你们都不给我说真话。"

大家正说着，突然有人按响了门铃。

我想妈妈和妻子一定也听到了有人敲门，心也一定和我一样被那阵咚咚咚的敲门声震撼得怦怦怦直跳，但她们却都装得像个没事人一样麻木不仁。

"当当当。"门敲得更响了。

我不做声地去开了门。我看见妈妈掌勺的手颤着，目光随我转着。门开了，我只吃惊得半天合不上嘴巴。一开始我还以为门口站了一个讨饭的叫花子，但我很快就认出来：他就是那个经常来我家收废品的老头子。我当时正在气头上，便没好气地说："你跑来干什么？乱敲什么敲？"

收废品的老头却笑说："我有半个来月没来你家收废品了，有啥卖的没有？"

人都知道，我们家的废品多，比方说一些食品和服装包装箱之类的东西。这个老头每隔几天就来一趟。大概是怕这块肥肉被别人吃走的意思，今天就找上门来了。我听了，只冷冷地说："没。"就把门关了。那老汉还不死心，嘴里嘟哝着："平常我十天来一趟，都收一麻袋，这半个月没来，会没有？"

回到屋，我下意识地朝阳台上的某个地方看了看，那里果然早就空空荡荡了。我没情没绪地坐在沙发上，心里更是一片空空荡荡……

垃圾老五

城市里虽没打鸣儿的鸡，但每当上班时分，垃圾老五那一遍遍“收废品——”的吆喝就像一张大网似的把整个小区严严实实地罩住了；他的腿更是厉害，不一会儿就像个结网的蜘蛛似的把这小区的角角落落跑遍了。

老五刚来城里的时候还叫小五，水灵灵的像根带刺儿的黄瓜，但转眼间背就驼了，脸皮就皱巴成核桃皮了。

他也没个正儿八经的名字。爹娘生他时大概也懒得再费什么心事给他起名了，拿着丫头辫子一数，顺嘴就把他叫小五了。小五长到十八九，看着自己在那个穷窝窝里混个媳妇的可能性不大，就跟侯八那伙人进城了。他爹娘对儿女的政策一贯是“广种薄收，撒手不管”，倒也乐得多一事不如少一事了。

没别的法儿，就拉起一辆架子车，整日像条无家可归的狗，满世界跑了。凭良心说，这的确也是个相当不错的活儿：整日也就是跑跑腿动动嘴，一天好几大块钱就到手了。这钱来得那个容易，和在乡下土里刨食时简直没法比。所以，大家心里那个乐啊，走到没人处就哼哼起歌曲——当然都是有关爱情的。

说到爱情，即便是乞丐也有。别看他们那时的栖身之所都是些废弃的工棚，但这并不妨碍他们常做些浪漫的美梦。但是那天，侯八却问大家说：“工地上要招一批电焊工，谁去？”大家便都跟着瞎起哄说：“工地上有白捡的废品没有？”到了工地，大家才发觉：小五没来。原来，小五那天探听到一家商店要搬家，有许多废品要卖，就瞒过大家，吃独食去了。也许是这活儿干得太出彩了，以至于多年过去，小五还有一种得意洋洋的感觉。

该去哪儿的去哪儿了，小五和剩下的几个人却还在大街小巷穿梭。几年过去，就只剩下小五人一个还在收废品了。侯八说：小五你来给我开搅拌机吧。侯八那时已经是一个工地的小包工头了。小五说：好吧。其实小五也蛮想去学点技术的，但小五那时却和一个叫小娜的姑娘快好上了。小娜也是收废品的，一来二去就跟他混熟了。小五怎么也舍不下小娜，就把去工地开搅拌机的事给忘了。

都是水到渠成的事，小五和小娜就结婚了。材料都是现成的，就是他们平时捡来的钢筋木棍之类，就在一个桥墩下搭了个窝棚，住了进去。同时，小五也不用再拉车上路了，小五骑上了三轮车，也在路上兜起风了。有时，小五觉得自己的日子过得蛮不错的。关键是，人熟啊，不说大家平时把废品积攒下都卖给他，谁家往楼上搬个箱柜电器啥的不记着他：叫老五（不知从何时起大家叫他老五了）来帮帮忙吧。虽都是些举手之劳，但哪一次不挣个三块五块啊。而且，一家人的衣服不用买都穿不完……不说后来侯八也没有再找过他，就是谁再用个八抬大轿来接他，他恐怕也懒得去了……他老五现在的日子多安稳啊，再折腾受那些罪干吗……

但在有了两个孩子后，老五明显感觉蹬车有些费劲了。老五手巧，就从废品堆里拆下一个小柴油机装上，从此老五也突突突地按着油门当起司机了。是不是由于骑上电驴子，老五活动的范围明显增大了。那天，老五不知怎么就来到一个陌生的工地，正说下车问有废品没有，却又突然慌里慌张地骑车跑了。原来，就在老五下车那一霎，突然有一辆小轿车“嗤——”一声停在旁边。老五突然发觉从车上下来的那个大老板有点像侯八……老五不知为什么突然有点慌张，就跑了。还好，自己已有一个多月没刮胡子，侯八肯定认不出来。

没有人知道人们从什么时候开始把他叫垃圾老五了。平时人们有事总是这么喊他：“废品……老五……”意思是有废品卖给他，按说应该叫他废品老五才对呀。要不就因为他那个像一个大垃圾箱似的家——不说他家到处都堆放着废纸酒瓶之类的杂物，就连家里的许多用品诸如吃饭的小桌，孩子的玩具等都是从垃圾堆里捡来的——才这么叫他的呢？

垃圾老五的身体越来越不行了。有时，连一条街都跑不完就开不动车了。每当这时，他就找个僻静处，躺在车上打起盹来。车上装的都是垃圾，许多时候，人家都看不出车上还躺着个人来。老五睡觉很少有做梦的时候，不过偶尔，他也会想起侯八带人去工地学电焊的时候，如果，那时……

有些事不必说破

天下能人多，但你也不能不承认：有些人天生就是该吃那碗饭的料。比方说钓鱼，旱鸭子一个的老杜从小在哪里见过。但就是在那天，办公室刘主任说：杜局长工作辛苦了一个礼拜，去哪儿放松放松……钓钓鱼吧。老杜说：钓鱼，我不会啊。刘主任说：身体是革命的本钱，就权当去呼吸呼吸新鲜空气嘛。老杜没承想往水塘边一坐，就出手不凡。便有人说：局长你是真人不露相啊。也有人说：局长你肯定在哪儿练过学过，不是生手。刘主任说：到底是局长，水平就是不一样。杜局长哈哈笑着说：哪里，瞎碰的。

人常说好小孩是夸出来的，其实大人也一样。自打杜局长发现了自己这个特长，便对湖边垂钓的兴趣越来越大，过不了几天，就问刘主任：周末了也没安排点活动？刘主任便说：安排安排了，这回去远一点的地方：琅琊山水库。但不管去哪儿，杜局长钓的鱼总是多得在后备箱放不下。回到家，就让亲戚朋友们来拿。到后来，过几天到姐夫家拿回鱼便成了他小姨子的一个习惯。他侄子才有趣，不知从哪儿弄来一个大木盆，用来养鱼。

世界上瞎猫碰上死耗子的事多的是，但杜局长却不是。大家便问：杜局长你钓鱼到底有啥诀窍？杜局长开玩笑也不忘教育大家说："啥诀窍？这不和搞工作一样，心无旁骛。"大家听了便说："这要和工作一样，我们还有啥希望，再学不会了。"杜局长只笑着打哈哈说，油嘴滑舌。笑着，只甩起钓竿，盯着水面，凝起神来。水面平静，心里却颇有些感慨：人生，钓鱼；钓鱼，人生……机遇，等待；等待，机遇……想自己走出校门，分到这里，十几年过去，寂寂寞寞，原想着就这么平平淡淡地熬到退休拉倒，不承想，机会来了一局里要提拔一个副局长，条件是大学本科毕业，40 岁以下。总而言之，那条件比给他定做的还合适。他对此却一无所知。当组织部门冷不丁给他打电话的时候，他甚至都有点愤怒了，说：你没事讽刺我干什么?！后来，他这句话就成为局里多少年间的一个笑谈了。慢慢熬着，就把局长前面那个副字熬掉了……

局长再好，总有退下来的时候，这一天眼看着就到了。对于一般人，可能还有点惶恐，他却成天嘻嘻哈哈的不当回事儿。他的心事，谁看不出来，大家便说：你有什么可担忧的，退了休才好呢。一个人坐在河边，甩起钓鱼竿，不是活神仙一个？我们也跟着沾沾光，有活鱼吃了。他听了只哈哈大笑说：这没问题，鱼有你的吃。

后来他就退了。原来在位的时候，太忙，有多少单位想请他去讲讲钓鱼的事，他都说，没时间。推了。现在，还端啥架子摆啥谱，有人叫就去了。当然，事前也翻了点资料，现学了几句“长钓腰，方钓角，圆池钓中央”之类的话。但说到底，他享受的是正科级待遇，因此便把这一雕虫小技，上升到理论高度，时不时给大家说说中国第一钓鱼高手姜太公的事。大家听了，都说杜局长的课讲得真有水平有层次。这样过了一段，他侄子和几个好朋友的嘴里就寡淡得不行。小姨子便打电话问：怎么样，只顾讲课，也不说得空去钓一回鱼？他嘴里说：就去就去，心里却苦。他难道没去？至少去了五六回，但最好的成绩只是几尾小白条，还不够丢人，又全扔回了河里。

他真不明白这究竟是怎么回事。这世道，难道说连鱼也变成了势利眼，会看人下菜？实在无法，就拿着钓竿渔具，在菜市场偷偷批发了几十斤鱼，分头送了送。一次说闲话，他侄子突然问：叔叔，你这几次钓的鱼嘴上怎么都没洞？他听了心里一惊却笑说：怎么没有？你们都爱吃活鱼，你不知道我取钩时有多么小心。他侄子哦了一声说：我还以为你又发明了什么新钓法玩什么新花样呢。

以后买了鱼，就又多了一层手续：偷偷用鱼钩在鱼嘴上刺个洞。同时，鱼也不在一个菜市场买了，怕的是有人说你钓的鱼怎么大小这么均匀一个品种哟。那时已快过中秋节了，他正蹲在一个僻静处刺着鱼嘴工作着，一不小心，把手刺破了，血直淌。他不知道，他侄子就在不远处站着……

他侄子是买菜路过。他侄子一开始简直有点不敢相信自己的眼睛，但慢慢慢地就有黏黏的东西淌湿了眼角。

侄子晚上突然给他打来电话说：叔叔。我要听你讲课跟你学钓鱼。他说：行。叔叔一定传给你独门秘笈。说着哈哈哈直笑。侄子只打断他说：叔叔，等我学会，你就再不要钓鱼去了……

直到五六年之后，侄子也当了某局的办公室主任，他才明白叔叔那个垂钓高手究竟是怎么炼成的。

习惯鼓掌

刘胜民的仕途一帆风顺。对于不少人，三十而立只不过是一个空洞的数字概念，但就在那年，刘胜民却实实在在地当上了局办公室主任。刘胜民的未来究竟是不是梦，你自己去想象。

一个大专生，又没背景，初到单位，有谁会看好，会留意呢。说起他的崭露头角，实在有点意外。当时，杜局长正在台上作报告，正讲着他们局新建一座办公大楼的迫切性以及伟大意义。虽说他讲得抑扬顿挫富有激情，但讲了半天，台下却还是没半点反应。正在这时，一阵清脆的掌声突然从人群响起。杜局长看时，鼓掌者却是个生面孔。正看着，整个会场上的掌声早已随之响起……杜局长激动地微笑着，只不停地做着让大家平静一下的手势，但那是徒劳，原来那掌声还有传染性，一旦响起就很不好刹住……杜局长便歪着头问：刚才鼓掌的那个人是谁？人事科长赶紧凑过来说：刘胜民，新来的。杜局长便喃喃自语说：刘胜民……不错……

其实，胜民那次鼓掌，完全是一种下意识的举动，根本就谈不上有什么特别的意义。后来大家才知道，原来那是他一个习惯。那时胜民还上幼儿园，一次市领导来给小朋友们讲话，别的小朋友都又打又闹只顾玩，他却只一眨不眨地盯着窗外看——原来是树上两只小鸟引起了他的注意。看着看着，胜民突然拍起了小手，但不管他拍得多响，那两只可爱的小鸟只待在枝头不走。就在这时，照相机的闪光灯已嚓嚓响起，而市领导早已笑容可掬地把他抱在了怀里……当然还给了他几个糖块。于是，小胜民热烈鼓掌的大照片第二天便上了报纸。别说胜民的爸爸妈妈，甚至连幼儿园的阿姨老师因此也跟着露了脸……表面看，事情不声不响就过去了，但其实，领导们那几个糖块的滋味却像生了根似的留在了他的脑海，以至于多少年过去，只要一看见讲话的人，他都会情不自禁地拍起手来……上学期间，也是如此。

这一次当然也不例外。但这次的奖赏却不是糖块，而是杜局长的笑脸。刘胜民，哪里去？杜局长以后看见他总要这么打个招呼。而且，时不时还要给他点额外的公干，比方说泡茶倒水，又比方说找人跑腿……说到局里的联欢会，当然也由他来导演组织。在姑娘们围着局长翩翩起舞放声歌唱的时候，胜民便自然而然地拍起手来。他的节拍打得真好：不仅头摇着脑摆着，连身子也随着乐曲波浪般起伏着，那风度那举止，简直酷极了……胜民很快便有了女朋友——他的意中人自然就是那个常和他一唱一和蹦呀跳呀玩得如鱼得水的女歌手……

胜民成了办公室主任后，和杜局长的关系更加密切了。不仅工作上的事，甚至连吃喝拉撒睡等生活方面的事都把局长伺候到了。他有事没事就往局长家跑，到最后局长家的那只雪狮子狗一见他来就像见了亲爹似的汪汪叫着直往他怀里拱。不过，人们背地里把他叫“杜胜民”，但说他早被杜局长收为干儿子的传言他却一点儿不知道。杜局长虽然口风很紧，但也无意间把提拔他的意思透露了好几回了……他当然心里也明白：杜局长早不把他当外人看了。要不，老板们请杜局长吃饭、喝酒、消费购物会带着他？

就在刘胜民一天天感觉自己已快接近局长宝座的时候，晴天一个霹雳：杜局长不知因什么问题锒铛入狱了！好容易等到开庭那一天，他才费尽周折地弄了个旁听名额重又见到他的老领导。

法官手起，木锤一落，就让被告人开始陈述。三个月过去，杜局长明显消瘦了许多，更糟糕的是他的气色，早无一点局长的风采。但现在，一看见台下黑压压的人群，特别是胜民就在身旁，他只觉眼前一亮，情不自禁就朗声说道：回顾我局一年来的工作，成绩不小，特别是办公楼的建设……法官只一敲小木锤说：提醒被告，不要说与本案无关的言论。局长略顿一下，又说：虽然我们的工作出现了一些问题……法官的小木锤再次响起，同时把声音提高了八度说：再次提醒被告注意！杜局长愣住了，但一开口，却还是那种口吻腔调，正说着，一阵啪啪啪的掌声突然响起。大家循声一看，才发现刘胜民正两眼发直，看着被告席，只起劲地拍着手！

法官实在忍无可忍，说：“请注意你的行为！这是庄严的法庭，为什么要鼓掌？”

胜民一下子明白过来：原来这不是会场，他还以为杜局长正在讲话呢……

胜民后来就成了一介布衣。无官一身轻，胜民很快就迷上体育锻炼了。不过他的锻炼项目也真够奇怪的：拍手。从此人们总看见他一边走一边很响地拍着手的身影……据他说，锻炼效果很好呢。

一把豌豆

爷爷入殓的时候，父亲悄悄将一大把豌豆塞在他的寿衣口袋里。后来那把豌豆便一直在我的心里埋着。我总在想：它该发芽扯蔓结荚了吧。那年我八岁。

爷爷在村里可绝不是个一般人物：他参加过游击队，带头分过地主的地，听说还给解放军送过信带过路。后来初级社一闹，他又因一天拉犁耕地一亩半而戴着碗大的红花……你说咋样，我的爷爷？

提起爷爷的外貌，我总禁不住想笑，他鼻尖啥时没滴溜着一颗清鼻涕？透亮得像钻石，却总顾不得擦去，最后，便都掉到他那撮山羊胡子里——我却从来没数清过他的胡子里到底藏了多少粒那样的钻石——有些已结成冰，有些正在结，有些却还是水。后来，他那撮胡子就让磨坊里的空气染白了，同时染白的当然还有他的眉毛以及你所能想到的部位。

那时，爷爷已到公社的磨坊去干了两三个月了。两三个月的爷爷就又让公社的领导给他把大红花戴上了。磨坊原来不是有三四个人嘛，我爷爷却硬是一个人把所有的活都揽下了。一个人经管着驴拉的磨，一天为大食堂磨填满五百多张嘴的面粉的壮举，我爷爷做到了。就在我爷爷戴着大红花从公社领导手中接过奖励给他的白手巾时，又一朵大红花的幻影在他脑海出现了。他笑了，这当然得靠他干得更好。

接下来就只是驴的问题了。我爷啥时都吃得消，只是驴有乏的时候。好在槽上还有两头，互相替换着，倒还行。就这样，我爷爷戴大红花就一直戴到县上去了。我猜想，接下来爷爷的目标一定是相当模糊了。因为凭他老人家的见识去想象一个比县大的区域显然是太难了。但他却还是像着了魔似的忙碌着。听人说，那些驴后来只要一听见我爷爷的咳嗽声就发抖，也不知是真是假。那些驴知道我爷爷的心焦呀！它们一天天瘦，一天天走得慢，可我爷爷能一天比一天磨的面少吗？不！我爷爷还要上去领奖！那些毛巾全都印一个大红的“奖”字，多漂亮呀！后来，我爷爷就干脆把饭带到磨坊吃。我爷爷的饭不要馍不要菜只要一斤炒豌豆却显然是出于对驴的考虑。当炒豌豆的特殊香味在磨坊氤氲飘散的时候，驴们的心情真是好极了。

我爷爷甚至把自己多半的口粮分给了驴。每次套驴上磨的时候，我爷总是拿一小包豌豆放在磨盘上。这样，整整一个上午或下午，驴们的鼻腔和思想便一直受到那股异香的引诱。无怪乎它们会迈着那样坚定的步伐走着走着，就这样一直走到和那包豌豆相遇。

同时，我爷爷的目光里也越来越多了些急不可耐的成分。下一朵大红花和毛巾还不见来，他可是越来越瘦了呀！我爷爷完全可以在面柜里随便抓把啥充饥，但他不，因为他是先进模范得过毛巾戴过红花而且还想再得再戴哩。

我爷爷终于倒下了——我爷爷倒下前一定还有别的许多故事，只是我那阵太小，不知道罢了。我只看见他躺在炕上浑身瘦得像鸡爪，而且，胡须里亮晶晶的冰豆一个也不见了。

好几天，我爷爷的眼里一直闪烁着两朵贼亮的火花最后一口气怎么也咽不下去，后来就连我爹也烦了。大家都猜不透他老人家到底是对啥事放心不下，只一遍遍来问：

——还想交次党费吗？早替你交了。

——放心不下大食堂吗？越办越好了。

——想知道今天炼了多少钢？两吨啦。

我爷爷却都只轻轻地晃了晃头。

大概是生命的回光返照吧。有一天我爷爷突然异常清晰地对着来看他的队长喊了一句：“再给我一大把豌豆！”

喊完这句话，我爷爷头一骨碌，咽气了。

别不拿我当回事

职称评定工作马上又要开始了。无论是上班还是在路上，老师们见面总要互相问上一句："今年报不报？论文够不够？"关系要好的，免不了再悄悄问一句："评委里有熟人没有？"有时还使个眼色说："没有就赶快找去。"古守道老师面上对此不屑一顾，其实心里也是蛮有些想法的。可不，有些比他资历浅的人都已经是副高正高了，他今年要再评不上副高，脸上也实在有些挂不住了。

在实验中学，有不认为古守道老师是一位人物的人吗？论学问，谁堪与他伯仲？论教学，他就是校园里类似纪连海那样的明星……他眼里有谁？就一个省教科所的权威杜莲一。既如此，他又为什么连续三年均遭遇了职称评定的滑铁卢呢？是不是真由于他有篇论文写得字数太少不够标准要求呢？谁知道。

要说，古老师的爱人小梅也是个大大咧咧的人。但任凭是谁，你可以淡泊名，你能淡泊钱吗？因为，毕竟职称给你带来的是工资单上实实在在的收益，你淡泊得再好，总不能淡泊你的柴米油盐酱醋茶吧！

今年的职称申报，小梅可是不愿再打无准备之仗了。为了把申报基础打牢，她早早托关系搞公关，又是摆酒，又是送礼，发表了不少的文章。这样一来，古老师的科研成果多得申报表都快填不下了。

接下来，就得去找评委拜票了吧。但古老师却认为他靠的是实力，玩那些雕虫小技实在有失身份。

小梅说："你一个穷教师，有什么身份？"

古老师说："君子固穷，当有气节。堂堂丈夫，像个乞丐，沽名钓誉，岂不失节？"

小梅说："什么时代了，你咋还像个出土文物……"

其实，古老师也知道，由于自己混得窝囊，小梅在许多场合也很没面子。她的心情他理解啊。但他是个傻子，他难道就不想名利双收吗？想到这儿，只红着脸说："那你说怎么办吧？其他人谁都可以找，但要给杜莲一送礼，我可不去……"

"行啊。"小梅爽快地答应着，狡黠地眨了眨眼睛。

小梅自然知道杜莲一在古老师心目中的地位。要不是杜莲一，他会走上神圣的教坛，成为一名人类灵魂的工程师吗？当然不会。那时，他还是一名高中生，学习之余的唯一爱好，就是收集并剪贴有关杜莲一老师的事迹报道和他的教学心得。当时痴迷刘德华的人很多，但他却始终是杜莲一的粉丝。大学毕业后，他如愿以偿地成为了一名光荣的人民教师，杜莲一却一步步晋升到省教科所副所长的职位上去了。在后来的学术研讨会上，他不止一次亲耳聆听过杜所长的教诲。渐渐地，杜所长已不止是他的偶像，还成了他的朋友。一次杜老先生心情不错，便挥毫泼墨，为他写了帧条幅：

皓首穷经，不坠青云之志
雅士守道，笑看滚滚红尘

古老师从此便把这幅墨宝挂在了客厅，每看一次，他的灵魂都像洗了一次桑拿浴，舒服啊。

哎，真是有辱斯文啊！堂堂人类灵魂的工程师，为了一点蝇头小利，竟跟着老婆，登门给人送礼！每送一次，回到家里，面对杜莲一的墨宝，古老师都禁不住一番痛心疾首："真是人心不古，难道说你的操守就值那两瓶茅台！"算了算，一共是十一个评委，能托上关系的，已跑了五家，就只剩下杜莲一家没去了。那天下午，小梅突然脸色一变说："说吧，到杜所长家，去不去?!"原来小梅用的缓兵之计！现在看她凶相毕露的样子，古老师的腿就不由自主抽起筋来，说："去就去吧，凶什么凶……"

但一走到楼下，看着杜所长屋里的灯光，古老师却一下把那两瓶酒摔在地上，说："不！这是侮辱人格！这是往人家的脸上抹黑！这算什么……不明显是……要送，也要等评完职称，避开嫌疑……"

古老师那年的职称终于还是没评上。只少了一票。杜莲一究竟投的是什么票，就没人知道了。

杜莲一那时已年届退休，种种被人冷落的事便不可避免地经常在他身上发生。那年当评委，找他的人是不是明显地少了？而其他评委是不是门庭若市？他在乎的当然不是几瓶酒几条烟，而是人们的尊重。其他人不说也就罢了，独那个古守道，一圈人找了，只躲着他……得啦，既知人情薄如纸，世风日下，说它干吗。

第四辑

花季雨季

被风吹走的烦恼 / 橱窗里的爱情
都是戏中一角色 / 爱的谎言
永远的影子 / 画一朵最美的玫瑰
等待

被风吹走的烦恼

稀里糊涂信马由缰地走着，不知道走到哪儿了……走吧，走吧，就这样一直走到天亮吧，就这样把自己变成一根随波逐流的木头吧……

但不定什么时候，我突然就冷不丁地发出一声哀叹来——要不是有路人对我这一过于突兀的举动冷目相对，我真还没有反应过来自己刚才无意间的放肆呢。

烦恼谁人又没有呢？有钱人有有钱人的苦恼；做官的有做官的苦楚；漂亮的女明星表面看起来是风光无限，其实一个个被“潜规则”得也够呛……我一个平头百姓，凭什么就活得像传说中的那个“不知有汉，无论魏晋”的桃花源人那般无忧无虑呢？

人生太多是烦恼，这话说的不对吗？人都说中药房那个大药柜上的抽屉多，但要用它来装我的苦恼，装得下吗？难。不说每个月那一千多块钱的“房贷”像只饿狼似的寸步不离地在屁股后面跟着，老板和上司们的白眼和呵斥哪一天又听不到看不到……孩子的上网逃学都快成家常便饭了，而家里那只母老虎哪一天又少得了好几遍朝人无端地进攻咆哮……

想到这儿，我突然就又无端地深深地长长地“唉——”了一声。

就因这口气，我自己把自己吓了一跳。就在我的意识逐渐苏醒回到现实的一霎，我突然有点奇怪地想：我这是在哪里？

仔细想想，不像是在梦里。原来，我不知怎么懵懵懂懂就转悠到十多年前我曾经住过的老房子前面来了——怪不得这一片的环境和气息咋这么眼熟呢。

灯亮着，我是说我曾经住过的那个二楼的房间的灯亮着。也有人的剪影时不时地滑过窗棂，清晰得就像是演皮影……我就站在那里，久久地久久地朝它凝视……

啊，架设在窗户外面的那个铁架子还在，我原来不是用它养花来嘛……现在，上面却堆满了拖把纸箱和酒瓶一类的杂物……还记得当年为了安装它我站在窗台外面叱咤风云的样子吗……突然，有两个剪影冷不丁滑上了窗户。那是我的影子吗？不。十多年前投射在那里的才是我的影子，现在，早不知是一个什么人了……

窗户上，那两个剪影突然缠绕在了一起。他们在干什么？相爱还是战争？就在这时，突然从窗户里传出了一阵凄厉刺耳的哭喊声：“这日子没法过了！”

我吃了一惊。使我吃惊的不是这场战争的突然升级——他们已经破门而出，把战火烧到大街上来了——而是我突然从他们的身上发现了自己的影子——十多年前，饰演这出皮影戏主角的难道不正是我自己吗？

“唉，这日子没法过了！”这句台词，你敢说你没有在这里念过？

此时，浮现在我眼前的，不是这对夫妇撕心裂肺的哭喊，而是我当年在那个狭小的空间里的一次次一件件无法排遣的痛苦和烦恼。

我却有点怀疑了：真的？我真的有过那些个烦恼？真是可笑，那些个烦恼，真的曾经在那里存在过？真是不可思议，我当年真有必要那般的烦恼和痛苦？

现在，除了我偶尔的回忆，还有什么是我当年那些被风吹散吹走的烦恼存在过的证据？再没有了。

就像是好多年前曾经出现在我走过的一些小径边的晨雾和朝露，早都被时间和尘土埋葬，香消玉殒了。

难道我们这副臭皮囊不也是安放我们灵魂的一间间小屋吗？回头望去，多少事都如过眼烟云……烦恼何在？早被一阵阵轻风吹散，不知去向了……

橱窗里的爱情

人都有些不切实际的想法，比方一对恋爱中的情侣，有时就因此而变得十分的弱智或低能。我这么一说，肯定有人以为我是在影射我的前妻蕊儿，但我可以负责任地说：不是。这不过是我几句牢骚话而已。

那天，正在翻看一本时尚杂志的她又向我扯起那个老话题：男人都是大骗子。我当然能听出她的言外之意：看来她对自己没照结婚照的事还耿耿于怀。说来话长，结婚时我们还是一对“月光族”，所以当我向她许诺“结婚照以后再照”时，她甚至还向我扮了个鬼脸施舍了一点点调皮。后来，我便像个贼似的经常被她审问：结婚照什么时候照？她的确长得漂亮，这是事实；正因为如此，她便总是担心自己的资源浪费了。但那天，我突然表现得异常慷慨：好，明天就去。真的？她一下子扔掉书看着我。我当然没告诉她事情的真相：那天，恰巧有个开照相馆的朋友找我办事。作为回报，他极力邀请我去他那儿照相……要不是如此，我会轻易松口上当？

真受罪，我是说照结婚照。光是化妆，就足足折腾了几个小时。然后，我们就被人领到一个爱情多发地带：一个花丛——当然都是塑料模型。但我觉得，我们当时的角色也和那些塑料假花差不离。好在我们的脖颈腰肢和手臂的可塑性要比那些花里胡哨的假玩意儿强，要不它们恐怕早就被那位敬业的摄影师摆弄得断成几截……更可笑的是，他老和我的下巴颏过不去，仿佛它是团泥巴团，能被折腾成大卫的模样……闪光灯不停闪着，不知何时，我便迷瞪得像那位白日做梦的庄老头，只不过我把自己想象成了一束假花而不是蝴蝶……

真是意外：像照得异常成功。这么说吧，朋友开照相馆多年，还从没弄出过这么满意的杰作。朋友的意思，想把它放在橱窗，权为门面广告……我是揩油党，有什么好说呢。

蕊儿高兴极了。拉我去看，我说你在家看还不够？她头一歪说："那可大不一样。"

上班下班，蕊儿不觉间便有了点飘飘然的神态，仿佛她真成了橱窗里那位嘴唇鲜红欲滴的女神。每次一看我又熬了稀饭，总是撇撇嘴嘟囔道：土老帽……我说：蕊儿，你别刘姥姥进了大观园，不知道谁是谁了。

但这仅仅是事情的开始。不久，这件事便传进亲戚朋友耳中。大家都去看了，便羡慕我说：有蕊儿这么好的媳妇，你可别身在福中不知福。我说：我结婚前爱喝小米粥，现在还爱喝，我有什么不知足？我只猜不出同事们是怎么知道这件事的。更使我纳闷的是他们那愤愤不平的样子：你小子艳福不浅，请客请客。没几天，这事便在蕊儿的单位传遍了。有事没事，便有人来到橱窗前，目光色色的，笑得坏坏的，不知嘀咕什么……似乎我在照片里站的那位置是一个仙境，诱惑太大，大家都想去那里感受感受……

蕊儿的饭局多了，有时是去听音乐喝咖啡，而且想请她客和她套近乎的人还有很多。我便话中带话说："蕊儿，行啊你，成明星了，公务够繁忙的。"蕊儿说："领导安排，都是工作，我有什么办法？"后来，蕊儿便常常喝得醉醺醺回来，而且大多到了后半夜。我实在忍无可忍说："还知道回来，这是大车店吗？"蕊儿说："老稀罕！我给人洗了三年臭袜子当了三年小保姆还不够嘛。"其实，我早听说她和一个副局长的绯闻了，但直忍到她一连两天夜不归宿，我才说："你不觉得我们缘分已尽了吗？"蕊儿说："离就离，什么好地方，一股大蒜味……"

转眼从春到夏，我心上的伤口还没结痂，一天下午，蕊儿却又突然光临我家。我说："嚯，我还以为是章子怡，有失远迎。"她说："抽烟。我可不是来和你重叙旧情的。"我便也玩了一回潇洒，和她一起吞云吐雾。原来，我们的那张情侣照被一家内衣厂印上包装袋，生意很火。蕊儿很恼，要打官司，厂家便想买下肖像权，息事宁人。我听了觉得荒诞，说："你要不觉得当骗子缺德，悉听尊便。不过，钱我一分不要……"蕊儿笑笑说："谢谢。"

三年后，我和一个名叫叶叶的女孩儿结了婚。一天从照相馆门口过，叶叶突然说："橱窗里那个男人真像你。"我说："是吗，我怎么会站在哪儿呢？叶叶说：我想也不是你……"

那张令人魂牵梦绕的结婚照后来就一直在那里挂着……当然，照相馆的生意很好……

都是戏中一角色

这不是什么秘密：李菲菲是我的梦中情人。

其实，在X城，李菲菲的铁杆粉丝还有许多，这不足为奇。你要是有时间，进回戏院，当一回李菲菲的票友，没准儿你一下子痴迷得比我还要邪乎，因为说到底，再强大的定力，也不是美丽的对手。

但还是有一点点遗憾：虽说李菲菲日夜从我贴在床头上的招贴画里向我微笑向我抛媚眼，但我却只不过是她一个不知名的发烧友。什么时候我才能面对面倾听她的教诲并成为她的朋友啊！

要说拜见李菲菲的门径也不是没有，我的铁哥们“张大嘴”不是她的初中同学嘛。但张哥们对此事表现得毫无热情，总是痞笑，但最终还是架不住我的坚韧，说：“行行行，给你约一次还不行……”

我们在剧院的休息室里受到了一位身穿文化衫脚趿红脱鞋的清瘦女子的接待。“张大嘴”说：“菲菲我来给你介绍一下，我这位铁哥们可是你的忠实观众……”菲菲便敷衍地和我握了一下手说：“好啊。”我却在想：天啦，这难道就是我日思夜念的李菲菲吗？说话间，我们才知道晚上演出的剧目是《三滴血》。菲菲说：“我演的是李晚春，你们多批评。”（李晚春是该剧的女主角）

你晚上还要演出？我和张大嘴都吃了一惊，说：那你还不快准备去？因为此时，开演的预备铃已经响过，其他化好妆的演员们正穿着戏服戴着胡须走来走去地忙活着什么，挺紧张的。

李菲菲却仍是一副不慌不忙的大腕样，呷口水咕噜咕噜漱漱喉咙说：“不急，我老油条了……”说着，就打开身边的化妆包，涂抹描画起来。

一层层的涂抹，一笔笔的勾画……又是戴发髻，又是穿戏衣……我简直不敢相信自己的眼睛，但我绝对相信世界上一个伟大的奇迹就在我的眼皮底下发生了：那个脸色微黄且有雀斑的女人不见了，坐在我一旁的却是位面若桃花香气袭人的绝色佳人；那个穿件文化衫趿双红拖鞋的妇人消失了，这屋里何时又来了位发髻高耸风姿绰约的天仙……

我刚刚要和那个穿文化衫的李菲菲熟悉起来，这个从天而降的美人却又一下子拒人于千里之外了……但这位天仙不正是我要找的梦中情人嘛，我怎么又有点不知所措起来了呢？

只留下了一座独木桥——李晚春和人聊天时咯咯咯的笑声，由此，我才约略从那桥上返回到从前，意识到她——那个穿文化衫的李菲菲的存在了。

剧情终于进行到该李晚春上场了。就轻移莲步，走上舞台。仿佛一轮红日普照大地，台下的人禁不住喝起彩来。在人们疯狂的掌声里，李晚春启红唇翘玉指，唱道：

兄弟窗前把书念，

姐姐一旁把线穿……

又一轮掌声疯狂响起。但是今晚，台下却少了一个癫狂喝彩的人——因为他正站在台上发呆：我的梦中情人，到底是戏中的一个角色，还是一个真实的存在呢？

正想着，李晚春已下台了，而且一进幕后就直吆喝：累死了，累死了。说着，就点了一支烟，坐下，舒舒服服地吞云吐雾起来……但也只是抽了两支烟的工夫，就又该她登台表演了。

演出十分成功。李菲菲已经卸了妆，“张大嘴”自然得出出血，慰劳慰劳菲菲了。

就去吃火锅。看着李菲菲洗净铅华后素面朝天的样子，我真有点感慨：想想看，我们谁又不是生活中的一个角色呢？李菲菲饰演那个人物只不过两三个小时的光景，而我们扮演“自己”这个角色却差不多得付出毕生的精力……但我们知道我们到底是谁吗？我不知道……

爱的谎言

在生命的花季里，他们相互被对方的美丽和善良陶醉了。他真勇敢，她则有点太弱智了。真不知爱情那玩意儿有什么魔力，使她——刘巧儿——全学院人公认的校花，那么义无反顾地投入到他——赵一柱那个乡巴佬的怀抱去了。

他说："巧儿，我不会让你受一点儿委屈的。"她说："傻样。"他说："我要让你快快乐乐过一辈子，还要帮你实现所有的梦想。"她说："傻样，我要去天涯海角蓬莱仙阁你也让吗?"他当然知道她的最爱是旅游，他说："当然了。"她便笑着说："那我要去美人鱼的故乡去呼啸山庄去乞力马扎罗看雪还要去鲁滨逊漂流过的地方划船……你也让吗?"他说："那还用说。"她便看着他厚厚的可爱的嘴唇，心里像蜜一样甜着。

人有许多错觉，比方说爱情，老远看着，总觉得那里即便不是一个云蒸霞蔚的人间天堂最起码也是一块桃花盛开的地方，但等到走近才发觉：原来那里的主旋律是锅碗瓢盆的叮当。具体到巧儿家，早都是一片尿布和奶瓶的海洋了。那时，一柱已在一家工厂的宣传科上班了，巧儿呢，当了老师。清贫是清贫，但清贫的日子同样也不缺乏温馨呀。所以到孩子五六岁的时候，一柱说："巧儿，我们去旅行吧。"巧儿说："你呀，真傻，不知道宝宝就要上学了？我们得为他攒点学费呀。"一柱便咧着厚厚的嘴唇笑了，说："那就再过几年吧。"

日子如流水，宝宝就从上小学一直上到大学去了。巧儿嘛还教书，一柱却因工厂倒闭下岗了。下岗了也没闲着，兼兼职打打工什么的，也就把日子过下去了。一柱当然深知巧儿的辛苦，但不论他怎样地体贴呵护，心中总有点遗憾，那就是这么多年了，他从没带她出去好好玩过，而眼看着巧儿的眼角已有了岁月的痕迹……多少次，看似无意，他试着说出了那个大意：趁现在腿脚灵便，该多出去走走看看。她总是笑笑说："急什么急？"他当然知道她的意思：要不是囊中羞涩，我恐怕比你跑得还快……他于是提了一个建议：等他们的钱攒够到某个数，比方10万，他们就开始尽情地去玩，怎么样？她的微笑对他是个极大的鼓励。他于是开始拼命凑钱，其方法第一为加班加点，第二为节约挖潜。但当他们真的实现了那个目标时，她的不安却又来了：现在物价涨得那么厉害，钱却越来越不值钱了……他说：那就再加把劲，多存点吧。但她的担忧却总是一个接一个永远没个完，比方说：我们的身体越来越不行了，咱总得有点积蓄看病养老吧。还有买房……而且，你总得给孩子多少预备一点结婚的钱吧……到最后，他终于明白：人的胃口，就是杆根本没有定盘星的秤，任谁也填不满那个无底洞的——除非你发一笔横财。但发横财的门路也不是没有。比方炒股……难道说他听说过的因炒股而一夜暴富的神话还少？

事不宜迟。就开了户头，成为一名股民了。

但钱在哪儿看来都不好挣。就整夜整夜地查资料看K线……不到一年，就把人熬得瘦了一圈。巧儿说："傻样，天上哪有掉馅饼的事，自己的身子骨要紧。"但巧儿越是心疼，他却越是固执，难道说天道酬勤这句话会在他赵一柱身上失灵？直到有一天，夜深人静，他一个喷嚏，咳出一口血痰，才把他吓了一跳。巧儿似乎听出什么动静了，喊他快睡，他答应着，悄悄把那团带血的纸冲下马桶，才关机上床了。

怕巧儿担心，他自己偷偷到医院去了。检查的结果他有点不大相信。就又换了一家复查……但还是一样。他就一个人躲在厕所伤心地哭了。但过了不大一会儿，他便又笑逐颜开地走进家门了。

"巧儿，"他说，"知道我给你带来什么好消息吗？我们发财了！我的股票一下赚了十倍多……我们终于可以随心所欲地周游世界了。喂，你不是可以内退了嘛，怎么样，大后天就走？"她的回答是一个热吻外加一句口号："老公万岁！"

真痛快！无论在哪儿——不管是在美人鱼的注视下戏水拥抱还是在乞

力马扎罗的半山腰打雪仗藏猫猫，她都像回到从前了，她的笑简直比一支含苞带露的玫瑰花还迷人……他的心便一路在她的笑声里陶醉着……

回到家不久，他就住院了。她哭喊着要求医生不惜一切代价救救她的柱儿，但她拿到医院的那个存折却是个空户头。原来他压根儿就没赚一文一分，只是把他们的积蓄都花了。她哭喊着问他为什么要这样。他只幸福地微笑着说：“我知道我已到了‘后期’，钱剩得再多也没用了……但在我的生命里有这么灿烂的一页……值了……”

永远的影子

车速太快了。但就在那个影子从窗外闪过的一霎，你突然想：是不是她？极有可能！你真后悔，没看真切。你只下意识地回过头去，想把那张小巧的嘴巴看个真切……但就在那一霎，你只觉眼前一黑，也不知是从什么地方突然传来咔嚓一声……奇怪，你怎么突然像片羽毛似的飘了起来……就在那一瞬间，你突然一阵惊喜：啊！是她，她的眼睛，特别是她那玉雕一般可爱的鼻子依旧是那样迷人那样美丽……

我们以前在哪儿见过。第一次见她的时候你这么说。她认真地想了想随即咯咯地笑起来：在哪儿？你虽一时说不出来但却总觉得她的笑容十分熟悉，你便说：那就在梦里，不，也许是前世也说不清。你说着笑了起来……

后来你们的见面就多了起来，当然是从公事过渡过来的。不觉间，你们就无话不谈了。也真奇怪，一到她面前，你怎么就口无遮拦什么话都敢往外蹦呢？就仿佛你们已经认识多年了。其实，你们只不过才认识仨月。她偶尔也向你说起她的生活。她一开口，你的心头却总有羽毛纷落的感觉……于是鬼使神差的，你不知怎么就对她敞开了心扉——有些个话，有些个苦水，如果没有这么一个场合，你也许一辈子也没机会说出来……奇怪的是，你却说得那么自然，像个孩童，不知害羞，而且总是忘记了结束——你的话怎么多得就像说不完了呢？她总微微地笑着认真听着，不知何时，你的心在她善解人意的微笑里便脱去了一切伪装和约束……到最后，总是你，一望天边，对着西斜的月亮惊叹一声说：啊，这么晚了！她总淡淡一笑说：没事儿……

在此之前你真是个傻瓜：原来世界这般美好，你竟一无所知！不错，你已鬓染秋霜有了老婆孩子，同时也有了一笔小小的存款一个小小的职务和一个稳定的生活，但正是你那点小小的地位把你欺骗了，原来你不光会板着脸用作报告的口气和人说话，原来你的心并没有变成一截再不会发芽的树根……真没想到，和她在一起，你竟变得如此不可思议了！你们买糖葫芦吃，也去地摊吃砂锅。旋转木马是没坐过，但摩天轮呢，你们不止一次玩过。你说：咱们去郊外水库划船吧。那似乎正是她的想法……于是你们把对方都泼成了落汤鸡。过去，一看见卿卿我我的少男少女你总是皱眉头，但现在，你却经常能从他们的笑容里体味到一丝丝甜蜜的感觉……后来，你们就常去咖啡店了。面对面坐着，听着缠绵的音乐，陶醉在彼此的低语和凝望里……你突然哭了！原来是回旋在大厅里的《神话》的旋律把你震撼了！在此之前，你认真地听完过一首情歌吗？似乎没有。

你的确有点忘记自己的年龄了。她虽然比你小了不少，但一到她面前，你却常有点小弟弟的感觉，所以你把你多年来的委屈和苦闷都向她说了。她多会安慰你，有时是一个微笑，有时是特意为你买的一小盒糖果……而自从认识了她，你才知道什么叫做完美。多少次，你像个顽皮的孩子，忍不住想抱抱她亲亲她或拉拉她的手，每当这时，她总像个大姐姐似的说：哎，这样可不好。只这一句话，便说得你害羞地埋下眼缩手笑了……

但她越是拒绝，你却越觉得她可爱——你喜欢她的难道不正是她那迷人的聪慧、矜持的纯洁吗……

也许你走得有点太远做得有点太过分了——但天地良心，你却一点儿也没感觉到自己有什么出格——直到老婆把那一沓不知从哪里弄来的你和她牵着手在湖边奔跑的照片粗暴地摔在茶几上，你才惊呆了！

内战不可避免地爆发了，而且相当激烈。老婆甚至想把战火一直烧到那个骚货和你单位去。形势对你相当不利：处理不当，你将身败名裂，别说前途了，名誉和财产哪一样你也保不住！半生心血，就这样化为乌有？

表面上你是让步了，不再和她来往了。实际上，你没有一天不想她。你知道旧情复燃那是迟早的事，你只没想到那一天来得如此之快。再次重逢，你们似乎才感到了彼此的重要。哪天不见，总像缺点啥。她对你的笑，更像是桃花的开放，令人陶醉。也是一不留意，但那次你绝不是有意的触碰，她却就势滚到了你的怀里……

第二天，电话来了。你知道，是她的。接还是不接，你十分犹豫。因为你已看清：那是一个幽不见底的深渊，一朝失足，你将粉身碎骨……电话仍响着，你的心一时疼得就像在油锅里煎……

有几次，你轻伏在电话旁哭了……但你却经常到你们玩过的地方去。你也一个人坐过摩天轮……但不管在哪儿，她微笑着投入你怀抱的影子却总在眼前挥之不去……

一下手术台，你就被人送入冰柜了……当然不会有人知道，有个美丽的影子，也同时在你的躯体和灵魂里牢牢地定格固化了……

画一朵最美的玫瑰

从学校到植物园的路最少得坐一个小时的公交车吧。我说的是人少的时候，人多车挤的时候就不好说了。但不管人多人少，我每周都得去那里写一次生，不去不行啊。

现如今，身背一个草绿色的写生夹在街道上晃荡的小姑娘你肯定见得多了，那正是我的模样。另外，我还留着一头漂亮的长发——由此你可以想见我在公交车上该有多么的令人瞩目吧。

当然，我总是风风火火地上车。大多时候，嘴里还嚼点什么，比方说一包薯片或牛肉干……但是那天，我却在车上遇见了一个似曾相识的面孔。当然，要不是我的写生夹遮挡了她的视线，她向我投来那么愤怒的一瞥，我是不会注意到她的。但眼前这位薄施粉黛的女人，我到底在哪儿见过她呢？

车一路颠簸着，不一会儿晃得人就有点昏昏欲睡了。突然间，我被身后的一阵吵闹声惊得打了个激灵："挤挤挤，慌着报丧去，你，真晦气……"原来是一个乡下小伙子慌慌张张地上车，把行李放错地方了。那小伙子被噎得直翻白眼，那女人却慢慢地把脚从行李旁移开，继续没好气地骂着："看什么看，没见过老娘你？"

这样没素质的泼妇，打死我我也不愿再多看一眼！车一到站，我就逃跑似的朝植物园奔去。

园里倒是十分清净。玫瑰早已盛开，几笔画下去，我的心情早不知不觉阳光灿烂起来。也有鸟在树丛里叫，不过我却画不出来。远处，有人在赏景，他们浑然不觉地全都走进我的画里来了。

再换个地方画吧。我刚打开画夹，一直坐在旁边椅上的那个人突然凑了过来。我真没想到她会是车上的那个女人。我的脸一下红了。我真想飞快地从这里跑开。但一看她笑得像个孩子，我突然想：也许她根本就不知道我是谁吧。正想着，她却开口说：“姑娘你忙了一下午，也不知歇歇。”我已显得很迟钝了，我说阿姨你在等人吧。“等人?”她反问了一下自己，脸上突然飞起两朵红晕来，笑着说：“算是吧。”我说那你应该打个电话啊。她听了却直摇头，说：“那使不得使不得……我说了，你可别笑话阿姨啊，阿姨在这里只是想想他……”说完，像个顽皮的小姑娘似的不好意思地笑起来。

多么可爱的一位阿姨啊。不知何时，我们坐在了椅上，而且还拉起手来。阿姨说：“你不知道，他有多么爱我呀……”一说到这儿，阿姨的眼珠突然像两个燃烧的火炭似的放起光来。“他每天一下课就来找我了。他那时正上大三，我却是个技校生。我们就是在这儿认识的。游园的时候，我看他怪老实的，就说：‘你帮我照张相吧。’没想照完了，他还不走，远远在我们后面跟着。我说：‘你怎么还不走啊?’他倒一脸无辜地说：‘我怕你又要照啊。’我和同学都笑了。其实那天从一开始，我就发现身后尾巴似的跟着个人了。唉，人的命就是这样。后来我问他：‘为什么跟我?’他说他也不知道，就那样鬼使神差地走着。后来，我们就常常见面了。他轻轻地抱着我，我们有时沐着月光，有时晒着太阳，有时冒着细雨……因为我们的话永远也说不完啊……”

我说：“阿姨，那你们就赶紧结婚吧……”听我这么说，她却又轻轻叹口气，说：“唉，孩子，你慢慢就知道了，生活可不是由着人的性子能过的呀，人活着，难啊……后来，他被人远远地弄到外地去了，我们就失去了联系。人一旦死过一回，对一切也就无所谓了。我不久和一个司机结了婚，没几年又离了。后来，别人又介绍了一个……”我说：“阿姨你现在过得幸福吗?”她笑了一下说：“嘿，幸福?搭伙过日子呗。他要不喝酒还好一点，他要一喝醉，就又打人又砸东西闹事啦……阿姨就出来躲躲转转……心里也烦啊……”。

我一时不知说啥好，只劝慰说：“阿姨别烦恼，一切都会好起来的。”她笑说：“是啊……你真是个好心的姑娘……阿姨和你这一说，心里亮堂多了。姑娘你听说了没有，这地方就要扒了，阿姨以后连个去的地方也没了。”我说：“阿姨我给你照张相吧。”她说：“相我照了。姑娘你的画儿画得真好，给阿姨画张画吧。”我说好哇，刚要动笔，她却又说了声：“慢。”只从挎包的一个皮夹里取出了一张发黄的照片，小心翼翼捧在手里说：“让阿姨看着他，和他说着话，你慢慢给阿姨画吧……”

我一看那照片几乎昏过去：因为照片上的人不是别人，而是我爸爸……

我这时才依稀记起：我在我家楼下的一条小胡同里的确不止一次见过这个女人……

等　待

他们在山里迷路已经整整三天了。

尽管在一开始，大家一感觉到事情有点不妙，就把剩余的水和食物集中了起来，分配使用，但现在眼看就要告罄了。白天倒好熬些，每到凌晨两三点，初秋的夜风便颇有些砭人肌骨的意味了；篝火是终夜不熄的，但他们能活动的地方仅限于半山腰那一块，柴火却越来越不好找了……

大家的话语在一天天减少，但笼罩在大家心头的忧虑和恐惧却一天天浓郁厚重了。

这才真是一群不知天高地厚的人，你们跑到这么偏僻的地方到底干啥来了？

其实，他们是一伙才认识不久的单身网友。大家既是都有相互认识的渴望，也就组织起这次旅游探险活动来了。当然，探险旅游只不过是一个冠冕堂皇的借口，深藏在每个人内心深处的那些类似结交一个异性朋友之类的隐秘而朦胧的渴望才是最根本的原因。我不知道一群孤男寡女在充分融合后心理上是不是会发生一系列微妙的化学变化而产生一些奇妙的动力，以至于立马可以使人变得无所畏惧……反正他们不知不觉就被一些盲目的情绪主宰了……还怕什么？他们似乎只剩下一些向未知的神秘区域前进的欲望了。就不知疲倦地走吧，走得越远、越偏僻人烟越少才越好……要不他们怎么会迷路啊！

现在麻烦大了吧！也不知救援的人得到信息出发了没有……

绝望的情绪瘟疫般在人群里弥漫了。许多人的脸色突然肃穆得可怕起来……冷不丁，也不知从谁的嘴里，就蹦出来这样莫名其妙的话语：“我还欠奶奶一个围脖儿……”“这次出去，我一定给爸爸洗次脚……”

这时，就只见一个三十多岁的瘦男孩儿，木木地空着眼，对着即将熄灭的篝火，喃喃自语：“人的命运，是不是上辈子早都注定了呢？要不，大四实习，我怎么会去了那么一个不起眼的小地方呢？是一个小工商所……但就是在那儿，我遇到了她——一个叫段丽娜的小女孩。你知道什么叫一见钟情吗？你知道什么是神魂颠倒吗？我那时的情况就是。一切都是那样的毫无来由，但我却总是能从她的一笑一颦一蹦一跳中闻到摄人魂魄的气息。其实她只不过是在工商所对门的小商店里打工的小女孩。我于是像只狗似的贪恋着一切接近她的机会。去买牙膏、毛巾、鞋带、脸盆、鞋油，以及她那个小店里所有的东西。最后的结果是我的集体宿舍都快成了一个比她的小店更加丰富的商店了。但情况却似乎越来越糟，我见了她，语言越来越木讷，而她，也似乎越来越不对劲——不仅说话的声音越来越小，有时竟有些磕巴了……我却似乎越来越疯狂了。终于有一天，我瞅准了一个机会——商店里只剩下了她一个，而她那个叫王小萍的同伴出门去了。我紧张得心都快从胸膛里跳出来，腿软得都快站不起了，但我还是踉跄地朝小店走去了。段丽娜正在那里整理货架上的东西。我一步跨进门去，刚一张嘴，没料想从我嘴里竟突然蹦出这么一句话来：‘王小萍哪儿去了？’真是见了鬼了！假若上帝能再给我一次机会，我一定在那一霎把‘段丽娜我爱你’这句话喊得让地球人都知道！但当时，我的确是这么说的。我看出丽娜有些诧异，但她还是笑着说她出去了。我此时反而冷静下来，丽娜却微笑着说：‘不进来坐坐？’我当时却是一副满不在乎的样子。我既是来找王小萍的，又进去坐什么，走了。

“就要返校了，我也下死决心要向她摊牌了。‘你好，’我说，命运正在敲门，我当然也明白我最后的机会来了。可就在我要开口的一霎，丽娜那几个该死的朋友却来了。她们说着笑着，我走也不是，不走也不是，尴尬之中，我说：‘你给我拿条毛巾。’我接过毛巾，丽娜的手却没有放开。就在这时，我突然感觉丽娜无意之中在毛巾下面握住了我的手。我当时就像被电击了一下似的，脑子一片空白了，慌忙把手移开了。这时，有人在外面高喊：车要走了……”

在他述说的时候，坐在对面一个姑娘的目光却越来越火辣明亮了。她的身子前倾着，最后竟不再听他的啰唆絮叨只自顾自地说起什么：“其实从一开始我就看出他的心思了。老实说，我也许比他爱我更爱他……知道他就要走了，我也急啊，就把想说的话写在纸上叠成一个小方块……那天，本想在毛巾下面悄悄塞给他……”

瘦男人几乎尖叫起来：“我后来在梦里多少次回味过她握住我手的那一霎啊……可我后来去找她……”

姑娘说：“我第二天就走了。那个伤心之地，我可是连一秒也不愿再待下去了……”

瘦男人说：“十三年了——段丽娜，你让我好找！”

两个人踩着篝火的灰烬早拥抱在了一起。这时，忽有人喊：“救援队来了！”大家看时，果然在山底出现了几个橘红色的小点……在那一霎，大家只紧紧地抱在了一起，哭成一片……

第五辑

人在途中

命运 / 我有一个不切实际的想法

小宝的困惑 / 和一个人的几次邂逅

危险的伴侣 / 福太太

无形之手 / 风过不留痕

命运

那时，人们常爱说这样一句话："人生的道路是漫长的，但要紧处常常只有几步，特别是在人年轻的时候。"不错，我当时就正处于这么一种状态：其一，我年轻，还是个下乡插队的知青；其二，我正在找关系办理回城的手续——你说我是不是正处于人生最要紧的那几步？

老实说，当知青返城的小道消息一开始在我们知青点的被窝和厕所里疯传时，我一点儿也没心动。也不是说我不想返城，而是说我有自知之明——就凭我有个大右派老爸的政治面貌，还有什么资格去做抢头彩拔头筹的美梦？所以当大队老书记喊我到队部去的时候，我吓得直打哆嗦，说："我可一直和他划清界限，没通过信。"

大队部就设在一个破窑洞里，洞里有个炕，老书记就蹲在炕上噙着烟锅吞云吐雾。听了我的话，却没一点儿反应。过了老半天才冷不丁问："想回城不？"我看老书记不像是开玩笑，便老实说："想。"书记说："想了你就去办一件事。听说你爹是一个有名的啥球家……对，书画家，叫他写幅字——不是我要，我要那不能吃不能喝的劳什子干啥，是县知青办的王主任要……"我怕又是老书记给我出题上课，考验我的立场意志，忙说："他搞的那都是封资修那一套……"老书记却打断我说："王主任说了，你要赶后天下午6点前把字送来，他保你第一批就返城去……傻孩子，还不快去……"

老支书说完走了，我却还像个瘟鸡似的呆着。突然间才明白过来，向外跑去。

这就是命运——一个让人吃尽了苦头的坏爸爸，一霎又使他前程似锦，谁会想到？刻不容缓，我就跑到公路边，上了去火车站的长途汽车。别说老头子接受改造的那个山旮旯偏僻得连个正儿八经的名字都没有，它就是在爪哇国，我也要找到。幸运的是，还不到晚上12点，我就叩响了他栖身的牛棚。令人意外的是，听了我的请求，他一点儿也没有表现出他反动学术权威的高傲，连看都不看地说道：“不写。”恰恰相反，他的头低着，声音低沉得像是秋末的苍蝇嗡嗡地说：“笔墨纸砚都没有。县城也不一定买得齐……”我说：“那我就回趟省城。”他说：“恐怕也来不及。”我说：“明天下午天黑前我一定赶回，你晚上写……我已买好了后天12点回去的火车票，赶一赶，一定行。”他说：“那你就赶快睡，等会儿坐头趟汽车去……”

一切都异常顺利。当我拿着我爹连夜写的字坐上去火车站的长途汽车时，我感觉路旁的小花都在对我笑。

真想不到，车坏了。在乡下汽车半路抛锚是常有的事，但今日麻烦却似乎有点大，一晃半个小时过去了，那车仍趴在路边没一丝儿气。怎么办？活人能让尿憋死？急中生智，我就拦起过路的顺车来。但不管我是怎样的声嘶力竭歇斯底里，也没有一辆停下来。我的心像在油锅里煎着。最后，我干脆站在了路中央……

“大叔”，对着一辆停在我面前的大卡车我拿着火车票快哭的光景，说：“我有急事要赶火车你能不能捎我一程……”司机不耐烦地做了个上车的手势，我就上车了。但下车后我才发觉：已经是12点15分了。尽管如此，我也没有停下脚步——因为我一门心思只想着我要尽早赶回去。一进车站我才发觉，啊，原来那趟车还在那里停着！晚点了，它足足在那里停了40多分钟！气喘吁吁地上了车，我的心里一时却充满了对人生和命运的感慨。天虽然阴着，我的未来看来却是一片光明了，当然，如果车能再开快点，情况就更好了。

下了火车坐长途汽车，最后的那几里山路简直就不在话下了。但刚进山走了不久，天就打雷了。返回镇上去避雨，已经来不及了。没办法，我只有拼着小命往队里跑了，但人哪里跑得过雨啊！直到这时，我才后悔，怎么没把写的字用个塑料袋子包了。眼看装它的信封就要淋湿，我急忙跑到树下，脱下衣服把它包了。但是不行，雨越下越大了。完全是下意识，我趴在地上，把它紧紧地压在肚皮底下……但是没用，不一会儿水就没过我的屁股，把它泡成一包稀糊糊了。我哭了，伤心地哭了，也不管下的是冰雹还是刀子，只往回跑。完了，一切都完了。我像个疯子似的跑回宿舍，躺在炕上。又像在梦中，只不知大家在一旁议论什么，说哪儿山溜了，窑洞坍了，把老支书压死了。我一下惊得坐起来，说："胡说，老支书在哪儿死了?!"大家奇怪说："在队部。你不会看去。"

踩着泥水，顶着风雨，我哪里还找得到队部和那个窑洞的影子……我实在不敢往下想了：假若火车早晨没有晚点，我现在恐怕也和那个窑洞一样踪影难觅了……

当然，第一批返城知青的名单里没有我，但过了不久，大家都返城了。假若第一批回去，我一辈子也许就窝在那个小厂当小炉匠，后来也就不会被分到一个机关当秘书去了。人生的事，投机好还是不会算计的好，谁知道……

我有一个不切实际的想法

我有一个非常不切合实际的想法：想蹦起来摸摸天花板。

第一次瞎折腾，老婆便说风凉话了："算了算了，要让你的狗爪摸着，设计楼房的工程师早就被人贬去卖烤红薯了。"

我哪儿服。我说："未必……"

她哪里知道：我是醉翁之意不在酒。她只见我没黑没明地坐在合起来当桌子用的缝纫机上在一些废纸背面涂涂抹抹，可她哪知道我内心的秘密——怕人笑话，所以我一直没胆量说出。说我熬得像一只羽毛蓬松无精打采瘦骨嶙峋的干公鸡我没异议，但若说我像猴子一样乱蹦乱跳纯属吃饱了撑的却显然不符合事实。

你可以猜想得出，我的胡闹大多是趁家里没人的时候——十有一遭，万一被老婆孩子撞上，那顿令人尴尬的奚落的确是很够人受的：

"爸爸，你要是去马戏团扮小丑当演员，俄罗斯的驯虎女郎就再不敢来中国丢人现眼了，本山大叔也得去改行当保姆了，咱家的那台破彩电恐怕早就换成'等离子'了……"

"你爸爸想的是伦敦奥运会……咱就不指望他破世界纪录了，只等他一拿跳高金牌，咱立马就搬出这蜗蜗笼，买栋别墅……"

这时，我难为情得别说再蹦，笑都不会笑，只窝到缝纫机前去，用装聋作哑遮掩住一脸"囧"。

话说回来，我也没有因为别人的笑话而把自己该干的事放弃不干了。我该涂涂该抹抹，该写写该画画……当然，该蹦就蹦——我必须让馒头像雪花一样在我的胃里化掉——健身器材我是没有。有，也没地方搁。我唯一能做的就是把自己变成一只猴，在原地蹦，蹦。

可能有人认为我这么做很枯燥，我却觉得很有趣。当然，我总是跳得很起劲。而每蹦一次，我几乎都竭尽全力，抱着一定要够着天花板的信心。当然，我一次次失败了。但每蹦一次，我都觉得自己的手指尖又离目标近了一点。到最后，我的手指尖企图触摸到的那一片天花板竟像照片似的印在我的脑海里。慢慢地，我甚至连天花板上纤细得比蚂蚁触须还微小的裂纹也看得见了。当然，我每一次折腾的结局差不多都是像一头刚卸下磨的驴一样喘着粗气倒在了凳子上。这就对了，肚子饿了，我又积攒起下一次坐在缝纫机前的能量了。

见怪不怪。几年下来，我的老婆孩子对我的胡闹甚至像对我的无能一样习以为常了。作为笑料，我尽到了自己的责任，也该被人淡忘了。我却还像个傻子似的蹦着跳着——我其实一点儿也不傻，我难道没从我老婆的眼睛里读出我的悲哀吗？我老了。不是吗，别说再做梦摸天花板了，一天又一天，我的手指尖离天花板是不是越来越远了？

不过，机会也不能说一点儿没有。在我用剩余的生命做赌注来完成“放弃希望”或“当傻子”这道填空题时，我又一次选择了后者。

一晃又是几年过去了。一天，我拿着一封信突然用我已经昏花的老眼盯住老婆说：

“我够着天花板了。”

孩子手快，抢走那信，看了看，突然雀跃起来：“噢，爸爸的长篇小说就要出版了！”

老婆却只像个蜡人似的怔着，一任泪水泛滥出眼窝，又哭又笑地说：“我知道，我就知道你一定能够着……只怕你难为情，一直没有说破……”

我揉揉有点发潮发痒的眼窝，还是有点难为情，笑了。

小宝的困惑

小宝小时长得虎头虎脑，别提有多可爱了。大家见了，便爱拿他逗笑取乐，说："小宝小宝，爸爸好还是妈妈好？"小宝说："爸爸妈妈都不好，奶奶好。"大家便都笑了，说："小孩的嘴里说的可都是实话。"原来妈妈怕小宝糖吃多了生龋齿，小宝就生她的气了。

小宝上学可用功了。小宝也贪玩，但总是把作业做完了，才出门找小伙伴踢球去。一次，大家玩得痛快，把路边广告栏的一块玻璃砸破了。回到家，小宝就告诉了爸爸。爸爸先是微微一愣，才笑笑说："真是好孩子。"小宝说："咱应该赔人家呀。"爸爸说："那是那是，等爸爸有了空，一定去给人家装块新的。"

爸爸忙啊。爸爸那时已是一个部门的小头头了，所以找的人特别多。一天晚上，小宝坐在桌前，苦思冥想，还是写不出一个字来。想去问爸爸，张平叔叔却来了。小宝实在等不及了，就拿作业本去问爸爸说："那个孩子后来喊'狼来了'，人们为什么不去救他？"爸爸说："因为人们以为狼没有来嘛。"小宝说："但最后那次他没撒谎，狼真来了嘛。"爸爸和张平都笑了，给他讲了半天，小宝终于"噢"了一声。张平便摸着他的头说："小宝真聪明，喜欢电脑不？叔叔办公室里正好多一台。"小宝立马跳起来说："喜欢喜欢。"

张平果然把电脑送来了。但爸爸说："每天只能玩半个小时。"小宝说好。那些天，学校正忙示范学校达标的事，所以同学们加班加点擦玻璃抹门窗便是常有的事。一天回家，小宝突然说："爸爸，把你的书借我几本。"爸爸奇怪，说："借什么呀儿子……"问了半天，原来是学校图书馆里的书太少了，怕检查时不达标，便发动同学们从家里带书，应付检查的。爸爸说："可以可以。"小宝便带着十几本到学校去了。

示范学校的验收工作顺利结束，学校的各项工作全面达标，老师和同学们总算透出一口气来。在一次作文课上，老师便给大家出了这样一道题目——记一次劳动。意思是让同学们写写通过自己的辛勤劳动，从而使学校成为示范性学校后的喜悦心情。小宝写了几句，就不会写了。因为他总觉得，他们这是在欺骗检查卫生的叔叔阿姨们。因为平常他们的学校并没有那么干净嘛。想着，就去找爸爸。爸爸正和王强伯伯说着话，不知说什么，只见爸爸一边拿他的作文本一边回头对王强说："张平我们不熟，几乎没交往。"小宝就想笑，因为张叔叔不是前天才来过嘛，也许是爸爸忘了。他便笑着提醒爸爸说："爸爸说错了，张平叔叔不是经常请咱们吃饭嘛。"小宝正想把张平给他送电脑的事也说出来，只见爸爸一下子黑下脸瞪着他说："小孩子知道什么，常来咱家的那是李叔叔。你知道张平是谁吗？还不快滚回屋写作业去，站在这儿干什么？"

回到屋，砰一声把门关上，小宝的心情简直坏极了。他搞不明白：大人们怎么尽说骗人的假话啊！想着，一点儿写作业的心事也没了，只打开电脑，玩了起来。爸爸那晚好生他的气哩，径自睡他的觉去了。

那是小宝第一次没写完作业就睡了。第二天回家，他想，我先玩一会儿游戏再写作业吧，原来游戏这么好玩呀。正玩着，爸爸在外面喊："小宝，屋里什么响啊？"小宝赶紧把声关小点说："没有啊。"

爸爸终于从老师写的批语上发现端倪了，爸爸一把将那作业本摔在地上，说："老师说你退步了，怎么回事！"儿子的选择自然是装糊涂。但狡猾的爸爸的一次突然袭击，终于把儿子的狐狸尾巴抓住了。

家庭地震不可避免地发生了。站在哭声咆哮和泪水的废墟上，爸爸打电话让张平把电脑拿回去了。

过后有段日子，小宝的表现的确不错。但有一天放学太早，小宝就跟着几个同学进了网吧。

突然有一天，学校打电话让爸爸去。原来是小宝考试作弊让老师抓住了。爸爸气得差点儿背过气去，只指着儿子说不出话来。小宝只把脖子梗得像根铁棍，冷冷说道："只准你们大人说假话？"爸爸像蒙受了多大冤屈："说，我什么时候说过假话？"儿子说："广告栏的那块玻璃，你给人家换了没有？还有……"

和一个人的几次邂逅

一

人生路上多偶然，邂逅的事对一个人有点像家常便饭便不足为怪了。但它来去都像一阵风，难道说还有人会对划过他眼前的一枚落叶或飞过车窗外的一只蝴蝶在意吗？当然不会。

但事情总有例外的时候，就好比我和一个姓魏的陌生人的几次擦肩而过——这些事说起来虽然都是些毫无新意的陈谷子烂芝麻，但我却越来越觉得它对我充满了某些生命的暗示。

那时，我正在市园林局办公室做秘书。说是秘书，说白了也就是陪领导吃吃喝喝写写讲话稿之类的工作。人的一生里，总会有一些阶段是想入非非，或者说是野心勃勃的，我那时正是这样的情况。这话当然不是我说的，而是几位酒友在酒桌上一手搂着我的肩膀一手端着酒杯略带点醋意地奉承我的：“你……狗日的……混几年，办公室主任的位子，小菜一碟……至于副局长，那还不是下到锅里的饺子，飞不了的。”我当然知道做人不能骄傲的道理，让人说狂——特别是对一个即将受到重用而备受瞩目的人而言，那可不是什么好事。我嘴上只打哈哈说：“瞎扯什么呀你们……”其实我心里蛮想是那么回事。

二

机会说来就来了。其实也可以说是一件稀松平常的工作：市长要来局里检查指导工作，承蒙局领导青睐，竟把为市长写讲话稿的光荣任务交给我了。

我自然不忍心把这么一个让领导赏识的机会白白浪费了，于是一连熬了三个通宵，终于把一篇字字珠玑句句锦绣的文稿写成了。但是，没有局领导班子的正确领导，我又怎么能取得写稿工作的全面胜利呢？我于是赶紧交局长们审阅，他们自然都指指点点地在上面画了点痕迹，算是定调和把握方向的意思。我自然是一副虚心接受茅塞顿开而且是受益匪浅的样子……

初战告捷，人困马乏的我脱下战袍，只想把瞌睡账还还，同时，顺便做个好梦也不错哟。但就在我头刚挨住枕头，还没梦见周公大人的时候，电话铃突然响了。我好不情愿哟，口吻就有点气冲冲地说："谁呀？这么晚了，有事明天说不行吗？"

"我是市政府办公室的魏秘书，你是不是市园林局办公室的秋秘书？A市长的讲话稿是不是你写的？"说了半天，原来是魏秘书要看我写的稿，并说这是上面某个领导的意思。我有几个胆，敢抗旨不遵？心里纵有一万个不愿意，还是一刻也不敢停地赶往市政府去了。

三

我赶到市政府办公室的时候已是晚上十点钟了。全办公楼就那一个屋的灯亮着。魏秘书正在灯下等着。见我来了，忙站起来迎着说："啊，啊，来了就好，来了就好……按说这事不该我管的。但我和你们刘局长关系不错。毕竟，我在'市府办'待的时间长了，对上面的精神吃得透一点，算是给你们的工作再加道保险吧。"虽说现如今遇见这样一位古道热肠的活雷锋已不再是一件容易事了，但由于现如今找机会在领导们的眼皮底下显摆晃荡、借机做表面文章的人太多太多，所以一见他这般的多管闲事，我的心便一下子凉了。但我也不能让他发觉我的失望了，只欣喜若狂地说："这真是太好了。"

魏秘书不再废话，就趴在桌前投入了紧张的工作。他的鼻尖距稿纸最多不过一个拳头的缝隙，但他手中的笔尖却几乎紧挨着稿纸了，但不管是鼻尖还是笔尖，却都紧随着他如炬的目光在讲稿上一路滑着滑着……时间仿佛是凝固了，因为他那个姿态从屁股一挨住椅座就再连一丝一毫也没有改变过。不知何时，瞌睡虫又在我的脑海里蠕动捣蛋了，我只怕一不小心冒出个哈欠，对人不礼貌了。我于是像个幽灵似的在这间死寂的屋子里踱着转着。四面墙壁上，全是锦旗奖状，有省里市里发的，也有街道办事处发的……在门口，有个办事员公示牌倒是副新面孔。我站在那儿，足足消磨了有一个世纪的光阴，却没一个认识的。有个叫魏书贵的，也许就是他吧。啊，原来我们同岁！但不知为什么，在我面前。他却总像个老大哥似的——无论接人待物，还是言谈举止，他都要比我成熟老练得多。

胡思乱想着，就十二点多了，再熬下去，我即便不崩溃失态也要像条狗似的趴在那里昏睡了。还好，他终于从讲稿上抬起头来，叫了我一声："小秋。"我哪敢怠慢，慌忙正襟危坐在了他的面前。他便紧盯着我的双眼缓缓说道："总的来说，写得不错，但有几个地方……"他说着便用笔尖指了指几处做了记号的地方，说："还得好好下工夫修改……比方说这里：'我市的园林工作取得了丰硕的成果'，'丰硕'两字力度稍嫌不够，应该改成'空前'。还有，'绿化率逐年提高'，你就直截了当写成'五年三大步，一年一个样'多好。另外，需要特别注意的一个问题是：你现在不是在代表园林局说话，而是在代表市政府作指示，说话的口气和身份要对路。你比方这里：'这三年来，我局的工作虽然取得了令人刮目相看的成绩……'这就不对了。"魏秘书说着，只奇怪怎么好久不见我哼哼哈哈的称赞回应了，一抬头，才发觉我早困倦得不成个样了，只有力量保持住一个恭敬与端坐的姿态，早没力气点头回应了。猛一看表，只遗憾地直摇头说："太晚了、太晚了，原说一晚上就结束的，看来，要不这样：你明天先按我画了记号的地方改改，明晚上咱就再辛苦辛苦。"

一听"明晚上"三个字，我的神经像被一根烧红了的针猛刺了一下似的打了个激灵。假若是一个没修养的或者是自制力差的人，他喉咙里的那口浓痰恐怕早就像长了翅膀似的喷射到那个人的鼻尖上去了！但我却还是努力地微笑着微笑着，只想让他看见我十分情愿以及受益匪浅的样子！不错，他对我的确像个陌路人，但他和我们的刘局长熟啊。万一这事传到刘局长的耳朵里，让局长知道我竟是如此地不识好歹，如此地敷衍工作，那我一辈子的前程岂不全完了！所以当听见他说"明天晚上九点半还在这儿碰面"的时候，我几乎是用哀求的口吻说："不，还是九点就开始干吧。"

四

第二天一下班，匆匆忙忙地从学校接回儿子，检查完他的作业，又安顿了一下老婆，我掂起两个烧饼，就往市政府跑去了。在这里我有个小秘密想给大家透露一下：我一心只想在九点之前站在那个门口！也就是说：我一定要赶在魏秘书的前头！我为什么就不能把魏秘书感动得眼圈发红呢？我相信总有一天，他会不经意间在我们的局长面前说：“小秋那个人干事还是蛮踏实的。有一次，加班改稿，我们约好的时间是九点，他却在八点半就早早来了。”但，一跑到那门口，我却被烧饼噎得直想吐。真是奇了怪了，魏秘书早在桌前坐着！难道说他就是个不食人间烟火的神仙，塑在那儿不动了？

我们互相客气地问了好。魏秘书笑着，伸手只等着材料。我给了，他接住往办公桌上一趴，办公室里的景象一瞬间就恢复到昨晚十一二点钟的状态了。只是我更觉得无聊了。这间办公室对我而言还有什么新鲜玩意儿吗？四面墙壁上的锦旗奖状我差不多已经看过二三十遍了。我真想一转身从这儿跑了，只是……看着魏秘书还是那么专注入迷地修改着讲稿，我甚至都有点羡慕眼红了。时间有时过得真叫慢啊！这时，我却依稀看见魏秘书有好几次停笔向虚空中的一个什么地方支起了耳朵——我的反应有时真他妈叫迟钝啊！我踱到门口，朝外谛听了半天，才隐约听见果然有一阵慢腾腾的脚步声不知从哪里传来。是谁这么晚了还没下班？难道说世界上还真有第二个像魏书贵这样敬业的雷人？但别说只是一阵脚步声，门外就是放原子弹，恐怕也无法干扰魏秘书的工作热情。他就那么一直像尊雕塑似的在桌前趴着，甚至当那串脚步声一路响到门外时，也舍不得抬一抬头或眼皮。

我觉得来人非常眼熟。但人家的目光却直接滑过我的头顶，只朝里面喊道：“小魏，还没走？”

魏秘书这才惊慌失措地站起来，笑着说：“啊，是A市长！您又熬夜了，才走？”

在市政府大院里工作的人谁不知道市长是个夜猫子，总是下班很晚。市长累啊。市长一副转身就要走的意思说：“我下班看见灯亮，上楼来转转。你忙你的，没事……”

魏秘书便含笑勾腰迎上前去说：“我赶的是你后天在园林局的讲稿，马上就完了。我送送你吧。”

市长是一个“不用”的手势，魏秘书却早接着市长手里的公文包朝外走了。

办公室里一下子陷入夜的寂静和疲倦。我不知何时趴在桌上，进入了梦乡。

真是功夫不负有心人啊！那个会议开完后，局长眉开眼笑地拍着我的肩膀夸赞说：“不错不错，到底是经过魏秘书的大手笔润色过的，市长满意极了。”

五

日子不咸不淡地过下去，岁月就悄没声儿地把人的鬓角和头发染白了。但话说回来，假若生命的秋天不至，人们会收获到各种各样的果实——比方说股长啊科长啊局长啊一类的职务吗？当然，也有像我这样只虚度年华而两手空空的平民百姓，我的收获，就只有老婆永远也发不完的牢骚和脾气。“当初找了你，我真是瞎了眼”或“瞧你那个窝囊废”便是老婆和我说话的开场白。每当此时，我便只有装模作样地拿起一张报，像只波斯猫似的悄悄窝在沙发上当孙子供老婆消气。那天，也许是老婆骂的时间太长，我翻来覆去地拿着那张包过面条或袜子的报纸看，看着看着突然一愣：魏书贵，我奇怪的是报纸上的这个人名咋这么眼熟。再一看，才发觉原来那是一则任免公告……啊，原来魏书贵早在一年前就被任命为某局局长了！我不知为什么突然一阵脸红心跳。更可笑的是我突然怕老婆知道了这个秘密，只把那报一揉，丢进垃圾桶了。

我惊得半天透不过气来。我真搞不明白，即便是魏书贵真当了局长，和我又有什么干系呢。

六

真正是岁月不饶人啊！转眼间我就喜欢上晚饭后去公园散步消食了。一天，我正信马由缰地在一条小径上慢跑，突然间脑子里冒出了一个奇怪的念头：刚才从我面前闪过的那个人怎么那么面熟呢？一路跑着我不停地想……天啦，难道是他?！但那个人却是一个由人搀扶着的步履蹒跚的瘦弱不堪的病人啊！但他不是魏书贵又是谁呢？不，一定是我看错人了。但世界上怎么会有两个重样的人呢？最后，我到底没有抵挡得住好奇心的驱使，又回过头去，追那个人的背影去了。

这一次我可是连他有几根眉毛都查清了，是他，魏书贵！我的天啦！他几时已患脑中风病了？

我一时心中很不是个滋味。我真想走上前去握着他的手，表达一下我的慰问，又一想，人家是局长，认识的人多，还记得你这个小兵不？再说了，他现在这个样，你活蹦乱跳的，你慰问他什么？你这不是给人家添不自在，气人家吗？这么想着，我就又回头跑我的步了。

七

以后去公园，我总能看见魏书贵在花坛小径上蹒跚学步的身影。我虽然没有直接问候过他，但不可否认，在内心里我却一直像个老朋友似的时时关心关注着他。

他一天到底有多少时间像个陀螺似的围绕着那个花坛转圈锻炼呢？我不知道。但他难道还没有以实际行动把坚韧的内涵向人们阐述清楚吗？一年四季，从春到夏，他总在那里一步步艰难地走着，虽说每走一步他都要咬牙挣扎一番，但他却从不愿轻易地停歇下自己一直向前的步伐。他的无与伦比的踏实认真和百折不挠的精神不由不使人想起多年前他在办公室一目十行奋笔疾书的风采。当然，他成功了。非凡的劳作通常总是给人以丰厚的回报的——难道说，他这一生不是赚得盆满钵满了吗？现在，虽说他为了实现自己的理想奋不顾身的拼搏精神一点儿也没变，但他的目标却有点小的可怜：他只求自己能像个正常人那样平静地生活……

他又成功了。他的步伐难道不是一天比一天走得平稳了吗？

走吧，从哪里跌倒，就从哪里爬起，走吧……呵呵……

危险的伴侣

很偶然地，他们在这个小车站相遇了。天还黑着，只凭着声音，他们就熟稔得像一对老朋友了……都是苦命人啊，无利不早起，要不是为养家糊口，谁这么早提那么一大篮石榴挤火车进城去卖啊！寂静中，他们心里都清楚，有一场无比惨烈的战斗正在悄悄地等待着他们。他们当然更明白，下午提着空篮返家的时候，他们兜里会多上厚厚一沓钞票。那诱惑，任谁也无法抵御啊。

有一句没一句地聊着，眼角却都在铁路上线搜寻着——那个亮点，果然就在他们的期待中出现了。自然而然地，他们把篮子从地上一点点提起，身上的力量也在悄悄集聚，只等车停的一霎。

车咣当一声就停了。看来车上的人还真不少。车上拉的究竟是人还是土豆啊？他俩的目光，却像一把把锥子，只紧张地在车上寻找着能扎进去的缝隙。忽然，那个高个子小贩说了句"那里……"就像支离弦之箭似的朝一扇刚要打开的车窗射去了。矮个子小贩几乎是同时也跟了上去。

车上的人实在太多了。说不清究竟是脚臭味还是汗酸味熏得人直要窒息。但即便如此，也没有谁敢在列车进站时把车窗打开，透口气儿，怕的是万一再从车窗钻进一个旅客来。也是那几个娇气的姑娘被闷得实在喘不过气来，才把车窗微微开了点缝隙。但就在那一霎，却早有两只铁钳般的大手伸了进来，抓住了窗框。

姑娘们愤怒地说："干什么干什么？下去！车上没空了！"

小贩哀求说："就我两个，让我们上来……"

就僵持在了那儿。姑娘们一齐努力，只想把他的手从窗框上剥离下来，赶他下去。他却只拼命地用腕、肘、肩或身上一切可能的地方，努力地扩大着窗口的缝隙……慢慢地，小贩就把多半个头塞进了窗户。情况相当危急，列车眼看就要被小贩们攻陷了！

矮个儿小贩当然从一开始就全身心地投入战斗了。他有时当石礅，让高个子踩着肩头；有时当抓手，任凭他撕扯。这时，却又变成一架威力强大的推土机了。高个子却还不满足，突然就狠狠地命令他说："再使劲推！"就在那一霎，高个子滚落进车厢了。

但也只仅仅占了一根楔子大点地方，连转身都成问题。车上的人谁都想远远地躲开他，他不知怎么就把自己的篮子弄进来顶在头上了。现在，他一门心思想的事的确是怎么把自己的同伴弄上来。那矮个儿小贩早等不及了，只一个劲哀求督促说："快，快，快拉我上去呀。"

他的确连吃奶的劲都用上了，但周围人却都在给他使绊子，一切努力都统归徒劳啊。不，他越是努力，越是招致周围人激烈的反击。有些人甚至指着他的鼻子说："你上来就算了，还拉什么拉？车上哪儿还能装人啊？"他却不听，只像个木头人似的坚持着，就仿佛他和那个矮个儿的手已经长到一块儿了。

他是不知道，但事实上自从他上车的一霎，车上的空气就变得像一个马厩或猪圈了。更可怕的是他一身的臭汗还在不停地流淌。有些人已快憋不住要呕吐了。但没办法，车想开也开不了。局面就这样令人绝望地僵持着。但渐渐地，他也在想：可不是，车上可不是没一丁点儿地方了，除非你能像面饼似的摊在我身上……

车开不了，人们的骂声便一阵阵高涨。高个儿小贩突然想：我九点前要赶不到菜市场，这一篮石榴卖给谁去？去也不白去了。想着，他的手便慢慢有些松懈了。矮个儿早感觉到了，只一阵阵呼喊；高个儿虽装作更加卖力地拉扯，却冷不防一个闪失，丢开了矮个儿的手。

矮个儿摔倒在了站台上。矮个儿心里一惊，突然就明白了一切。他却突然显得有些惊慌地向高个儿说："算了，车上太挤，我今日不去了。我刚才忘了把我的一个小提兜塞在你的篮子里了，快取给我。"高个儿便把篮子伸到了窗口。但就在那一霎，矮个儿猛一用力，把篮子拽到自己怀里。高个儿一惊，但一切已为时太晚，列车已经启动，飞驰而去了……

福太太

大家把霍大娘叫福太太，多少有点儿开玩笑的意思。

不过，我要一下说出霍大娘是个捡垃圾的，恐怕也会有人撇嘴说："你也真敢编。"的确，任凭谁再有想象力，怎么会把那么一个干干净净的老大娘和一个拾荒的老妪联系起来哩！你看她都快奔七十的人了，头发却总抿得光光的，还像个会保养的城里人似的脸上没一个黄斑；走起路来，摆着胳膊，就甩出一股风，从你身边过，你只觉脚下的地咚咚直颤。就这么一直走着，你还以为迎面过来的是一个退休的老会计什么的，却只见她一直走到一个垃圾桶前，才弯下腰去，用个细棍什么的探探，看里面有没有纸盒酒瓶，有了，就捞出来放在背着的大布袋里。她就这么整日在大街小巷的垃圾桶之间忙碌着穿梭着……

细细想来，大家叫她福太太，恐怕和她穿的那件织满福字图案的缎子棉袄有关吧。但这件棉袄并不是她的，而是一个好心的老姊妹给的。要说福太太，人家才是。大家只不过拿她逗个乐打个趣罢了。但每当有熟人在楼道里碰见问："福太太又来了？"她也一团和气地回应："去买菜啦？"并不生气。

她一路捡垃圾来到一幢楼下，把她的垃圾袋安放在一个墙角或是树下，才气喘吁吁地抹一把汗津津的额头上楼去。原来，她还在这里兼打着一份工哩！要说起她的工作，更是笑掉人的大牙：陪人说话！当然，要不是雇主付太太是她幼时的玩伴和昔日的闺中蜜友的话，天底下会有这么便宜的事吗？当然不会。

一提起这位和她一块儿去河边洗衣摇纺车纺线长大的老姐妹，她都会不由自主地呆起脸迷瞪出神。但任凭谁是圣贤神仙，又怎么会把一个人命运的那些事儿想清楚呢？要说她当年可是比付彩兰长得水灵齐整多了，而且，她家无论是地抑或是房都要比付彩兰家多得多。要不，住在镇上的王大财东家怎么会看上她而不去娶彩兰呢？在她出嫁到王家不久，彩兰就从村里消失了。一开始大家只传说彩兰是被人贩子拐去卖了，多年后大家才知道：原来彩兰是去延安了。而当她的男人——那位仪表堂堂的王公子被政府镇压后，她自然而然就把地主婆的帽子戴上了。正是由于这个原因，她从此便成了一个无儿无女也没人敢碰的丧门星了。彩兰自她老伴去世后，也是一个人过着。她虽有两个儿子，却都在海外居住着。按说儿子们也经常打电话问老妈的血压高不高、腿还麻不麻了，钱也一回回寄着，但付老太太时常却还是有点孤单单的感觉……不知怎么就从老家人的嘴里知道霍姐姐也在省城里了。原来，霍大娘后来一直和一个侄儿过着。大约是经常有些饭勺碰锅沿的叮当事吧，就跟着一群外村人进城来了……

你没见这两个老姊妹见面后的亲热劲儿。付太太在轮椅上坐着，那两只一只像棉花一样软、一只又像树皮一样糙的手握在一起就再没松开过。说着笑着，笑着闹着，直闹得眼睛都湿湿的红红的。直到护理的阿姨拿着药过来了（吃完药还要理疗哩），付太太才不得已说：“以后每天下午三四点你就来吧，咱姊妹俩说说话儿，妹妹给你开工钱。”

一听到这儿，霍大娘立马急红了脸说：“哎呀妹妹，你咋变得这么生分外气？钱我不缺。”

霍大娘以后就按点来了。说着话儿，看见付太太要水喝，就去拿。付太太便说：“让刘阿姨来吧。”原来，付太太家里一共雇了四个保姆，从做饭洗衣护理保洁等各方面都有。付太太就这样终日在轮椅上躺着。一次，不知就怎么劝起霍大娘，说：“姐姐呀，年龄不饶人。垃圾就别再捡了，歇歇吧……”霍大娘便羞怯怯地笑笑说：“我哪有妹子这么有福啊，我是贱命，手脚闲不下啊。”

付太太住院后，霍大娘捡拾垃圾的路线自然也有些变化。付太太的病却越来越重，知道自己不久于人世，便让保姆把一个锈迹斑斑的小铜镜送给她，说：“姐姐啊，妹子给你留个念想吧。”

付太太去世后，霍大娘还是整天在大街小巷的垃圾桶之间穿梭着。有一天，她侄儿却突然找来了。原来是他听说霍大娘跟个人发财了，却又把钱都送给山里的穷人了，还得了个什么宝，便来尽一个侄儿的孝心来了。但霍大娘却总不肯把铜镜给他，说：“那是我的一个念想。”侄儿却说放在家安全，就硬拿走了。

转眼几年又过去了。突一天，家里传来一个消息说：他侄儿为那个铜镜儿，被几个抢劫犯打残废了！

霍大娘后来也可以说是一觉睡过去醒不来了，那一年她92岁。来为她送行的人也不少，大多是经她救助过的流浪儿童或失过学的学生……

无形之手

生活中一些看似十分平常的琐事往往会给人留下非常深刻的印象。这些年，我孩童时代的一个伙伴的大手便不时在我的脑海或眼前闪现——我不说小手而说大手，足见那只手的粗壮有力。而随着那只手的出现，总有一丝丝痛意电击似的掠过我的臂膀。

我怎么会不知道，捣鬼的那个小孩是金锁。

肯定是那个酷热的夏天在我的心灵上烫下的烙印太深了。那天下午，我刚割完自留地那一小片麦子，便向离我家自留地不远处的那片苜蓿地跑去了。因为还在我割自留地麦子的时候，我的魂就早被从那片地里传出的此起彼伏的蚂蚱叫声勾去了。说起来人真是无可救药的，因为谁又能超越并摆脱自己人生各个阶段所遇到的各种各样的诱惑呢？而会逮蚂蚱，对一群刚换上不露裆裤的乡村孩童而言，又该是一件多么体面而露脸的事啊！那天，我运气不错，不一会儿就逮住了十几个。一方面，我急于让别人分享分享我的自豪，另一方面，我的确又被更远处的一片麦地里传出的蚂蚱叫声迷住了。贪心不足的人啊，什么时候会停下追逐的步伐，不会。

我不知道是谁在那片地里割麦。反正麦子只剩下炕大一片了。蚂蚱们在越来越小的麦田里无处可逃，最后便被浓缩在那片地里了。但就在我刚跨入麦田的一瞬间，我却突然被一声喝骂惊住了：

“你狗日的跑到人家麦地，把麦子踩倒，让人家咋割？”

是金锁。要知道是他家的麦地，打死我也不会跑去逮蚂蚱了。从表面上看，那个长得像个拴驴桩似的家伙能比我大五六岁，实际上我们同岁，都上五年级。撇开他爹是大队书记不说，单从块头体重上看，摔跤打架我哪一样也不是他的对手。但我还是硬着嘴说：

“咋啦？蚂蚱是你家的，不能逮？”

“狗日的嘴再硬，看爷不把你屁挤出来！”

事实上，从一开始我就看出了事态的严峻。我也隐隐感觉得到他的火气是从哪儿来的：今年期末考试，我两门都是一百，他却一门不及格，另一门虽说勉强过关，却是老师照顾的。他爹气得不轻，狠揍了他一顿屁股，那驴日的却不知为啥对我怀恨在心。现在好了，终于找到报复我的机会了，但我却仍不嘴软，说：

“谁怕你，吓唬谁？”

就像一只猛然从天而降的鹰隼抓起了一只鸡雏，我的双手一下便被他抓住扭到身后去了。我的身子早动弹不得了，但我仍硬着口气说：“放不放，你。”

“不放！”他说。

“放不放？”“不放！”“放不放？”“不放！”

随着对峙的延续与深入，金锁只一点点更凶更狠地往后扭着我的臂膀。事实上，除了我的嘴，我已被他彻底制服了。为了避免更大的疼痛，我只有一次次更紧地蜷曲起身子。多少年过去，每一想起此事，我的心底总禁不住颤过一阵涟漪：天啦，一个十多岁的少年内心深处的无情与残酷可真是深不见底呀！

直到金锁他爹出现，我才得以脱身。

现在，听说金锁那驴日的也混得不错。虽说还在农村，但他到底是能人，会捣鼓，又是种辣椒，又是贩苹果，还给猪配种，挣钱容易得就像在自家地头捡。

到底是儿时的伙伴，越是长时间不见越让人想。一次回家，我竟打问到了他的家里。

寒暄、点烟、倒茶中，我只用心细细瞄着他的手：老了，到底老了，那双曾经那么霸道有力的铁手，现在却像只干瘪卷曲的鸡爪，微微颤着……

临别，我们握手。奇怪，他那双看似那么坚硬粗糙且厚重的大手，却在我的掌心里腼腆怯弱得像几根毫无分量的膨化玉米条。

走出老远，我还看见他在他家门口站着。看样子他是想向我挥手，但他的手却像一条晾在河滩的死鱼或一只断了提线的木偶的手似的在空中僵着呆着，不知所措……

风过不留痕

大家都说肖顺民是个十分幸运的人，这一点连他本人都无法否认。

夏夜，每当大伙儿坐在县政府办公大楼前的广场上消暑纳凉时，就有人边缓摇蒲扇边有一搭没一搭地搓着肚皮上的泥卷，说："顺民你这狗日的，啥事咋都这么顺？人都不信……我看还是你的名字起得好啊！"

顺民听着，咧嘴就笑，心便甜得厉害……可他除了咕哝出点声音，说什么好呢？也许因为是在晚上，在夜幕下，他的笑便比白天放肆些，有时笑得连摇蒲扇都忘了也不知道。

大家的话当然是有所指的：顺民前几天刚刚被任命为县劳动服务公司人民理发部主任了！

说起当官，有此幸运的人多了，琢磨人们说话的口气，肖顺民的幸运似乎不止于这些。

要说顺民的幸运事也实在太多了。顺民虽是六几年的人，但却基本没有饿肚子的体验，知道为什么吗？因为他爹在县政府大院做饭呀！每次回家，他老人家总是多多少少把从笼屉上刮下的馍馍渣和从刷锅水里捞出的锅巴带点，这就把大问题解决了！为什么同是经过恓惶的人，他却长得人高马大身材魁梧呢？这都是那些残羹剩汤奠定的基础呀！而且，他刚一年满十八、接了他爹的班、端上公家的饭碗，接班的政策就戛然而止了！更让人羡慕的是，他找了个好工作，学了门好手艺呀！当年跟他一块接班的那三十来个哥儿们，大多都进了机械厂、鞋厂、木器厂之类的单位，形势一变，早一个个破产倒闭，把饭碗丢了……独他所在的那个理发店，生意却越来越红火了……现在他又一步登天，当了领导，这不是命好又是什么呢！

平常的工作忙啊，县政府几千号人，都来这儿剃头染发，能不忙嘛！不过，大家说顺民“谁和你狗日的比，你是伺候县太爷的人啊”那句话，却纯粹是略带点醋意的玩笑话。事实上，人家王县长连一次也没到这个小店来过。王县长一年到头在外面开会考察的机会多啊，省会城市的理发店不比这小店舒服干净？

但是一天下午，王县长却突然像一片树叶似的光临了。

说王县长像一片树叶似的，那是他来得太偶然突然了。他一边走路一边打电话，大家原以为他是路过，事实上即使在进店门的时候他还是专注于打电话，目光连一丝一毫的偏移都没有，就仿佛他面前的一切全是空气。他就那样一直走到一个转椅前，一屁股坐下去，继续骂人打电话。因为不知道王县长是来理发还是路过，大家便都有点慌乱。其他人都装瞎退后，顺民就满脸堆笑，拿着理发布在县长面前抖了一下，县长的表示是一个等一下的手势。顺民就看好一个机会给县长戴好理发布理了起来。

顺民理发的手艺其实是很有名的，但今天，他老觉得自己的手很笨，要命的是气总喘不匀。

也许是顺民的神情太专注，当王县长一个激动，站起来朝手机里猛喊了一句“你给我把嘴闭上”时，他没反应得及，手一抖，就把脑后多理去了一块。

顺民慌得浑身一颤，就耷拉下去手去，说了声：“啊，对不起县长，我多理去一块……”

县长还在电话里吼着，只给他一个手势，意思是：没关系没事儿……

县长洗完头要走了，顺民的心里还有个阴影罩着，不断哼唧着什么，意思是：都怪我，可我不是故意的……对不起，太对不起了……县长许是没注意到，头也不回地打着电话走了。

顺民连着两个晚上失眠了。他心疼，他后悔。因为在以后的若干天，他们的县长将要带着那样蹩脚的头型，在各个重要的场合出没……哪不是丢全县人民的脸嘛！

心事沉重。顺民连着几次在周末和月度的工作总结会上做了自我批评。他深有感触地说：“我们的剪刀连着振兴全县经济的宏伟蓝图……大家在以后工作中可要加倍努力啊！”

顺民在梦里多少次这么想：如果以后再有这么一个机会，他一定要给县长理出一个最最漂亮的头型。

但县长从此却黄鹤一去，再也没从小店门前走过。

县长虽没盼来，有一天倒是有个局长来理发店剪头染发来了。

顺民亲自给局长一丝不苟地服务着。他的活儿真是干得出色极了。干着干着，不知怎么突然就冒出一句话来："也没见王县长这些天来剪头……"其实他是想说："王县长的头都是在哪儿剪的？"局长沉默着，后来也许是感觉这样太不礼貌了，才多少从喉咙里哼唧出点声音来，意思是在说："这个……我就不大方便说了……"顺民却还不死心，说："你没听说县长因理发……我是说，因发型……没影响工作……"局长的眼眨了一下，却什么也没说，死死地沉默了。

看来要彻底消除掉自己的内疚还真不是那么容易的事。那就继续努力吧。

努力终于有了结果，顺民又一次当选县劳动模范了。

胸前戴着大红花，顺民又一次走向庄严的领奖台了。

顺民做梦也没想到，给他颁奖的竟是王县长！

握着王县长温暖而宽厚的大手（其实王县长的个头才到顺民的肩头），听着王县长"谢谢、祝贺"之类鼓励的话语，顺民一时心潮澎湃，突然就冒出一句话来："王县长，对不起，上次我给你理发，犯了个大错，留了个疤拉，下次……"王县长不知这个人究竟在说什么，只使劲握着他的手说："谢谢你，祝贺啦！"顺民一看王县长说话还在绕弯儿，心更急了，差点落下泪来说："我真不是故意的……下次我一定……"这么说时，其他人早下台去了。王县长的脸色便稍稍有点不太好看了，手不知何时便悄悄松开了。顺民就这么稀里糊涂地下台去了。

顺民一晚上都在想：看来王县长一天也没有原谅我啊！顺民那晚上就一直看着天花板到了天明。

无意中大家都觉得顺民的动作有点迟缓言语有点木讷了。更奇怪的是他从此有了一个怪癖：无论给哪个人理发，他总先要把人家脑后某个地方的头发拨拉一会儿，这才缓慢地动起刀剪来。

更令人不可思议的是，他常常会冷不丁地毫无征兆地"唉——"出一口气来。比方说，大家都在默默地打扫着卫生，他突然就从某个角落笑出声来："嘿嘿，你……我真不是故意的……"

王县长从此再没在这个小店出现过。顺民便一天比一天变得沉默了。

就在这时，突然传来一条消息：王县长住院了。什么病却不清楚，大约是积劳成疾吧！

顺民似乎对县长的病格外关心。见了从机关来理发的人总想打探点什么口风。有时，一个人呆着呆着，突然就嘻嘻地笑着自语说：“真是的，他的病和你有什么关系呢……”

听人说县长的病似乎一天重于一天，看样子治愈的希望是不大了……

顺民是掉着眼泪去参加王县长的追悼会的。在王县长的遗体前，他几乎挪不动步子。他的腰弯着，头勾着，朝玻璃棺罩里看着，可他却什么也看不清——因为王县长的后脑勺深深在枕头里陷着……

日子还在不咸不淡地过着。顺民干活时在客人的脑瓜后拨拉的时间似乎更长也更加仔细了。而且，一碰见熟人或同事的小孩，他老远就吆喝着：“来来来，让伯伯（或者爷爷）摸摸你的后脑勺，看看你的瓜葫芦头长熟了没有。”到后来，孩子们一看见他大老远就跑开了。顺民的手艺似乎一天不如一天了。到后来，终于酿成了大错：他把好几个客人的后脑勺理成了秃瓢……

正好有个内部改革方案出来了。顺民的年龄刚挂上四十八，就搭个顺车，退休了……

第六辑

故事新编

强者 / 银环回城记/

宫丙和他的情人

华佗大夫有点傻

刘巧儿后传

一囤豌豆

强者

桂三爷就要娶九姨太了。

桂三爷前面娶了那么多姨太太都没人大惊小怪的，独独娶这个九姨太，引起的震动真不小。人们面上不说心里都明白：由此看来，桂三爷果真已成大半个县无人敢惹的一霸了！

原来这个九姨太以前曾是县上最有名的一个戏班的名角，但她原先要嫁的人却不是桂三爷，而是柳家堡柳举人的大公子柳思绵。有时想想人这个东西也真是怪……反正这事弄得桂三爷心里酸溜溜的很不是个滋味，于是就和柳家人较上劲、赌起气。但事情的结果却相当的出人意料：柳思绵一天傍晚从桂柳镇回柳家堡时不幸失足落入路边一口古井，死于非命。看来还是"是福不是祸，是祸躲不过"那句老话说得对，桂三爷便要当新郎了。

但坊间对此事却还是有些传说：柳思绵那晚是遭人暗算了。因为那晚和他同路回家的人是镇上的一个大烟鬼，而这家伙事先早已被桂三爷收买了。不过，传说毕竟是传说，大家看清的更是现实：如今的桂柳镇已完全成了桂三爷的天下，连堂堂的柳举人家也不是三爷的对手，他们除了巴结讨好，还能做什么？如今，他老人家就要娶九姨太了，谁敢不去给面子捧场送礼？大家于是争先恐后，半个县的头面人物几乎齐刷刷都来了。

那时正热闹着，门口忽然来了一个化缘的尼姑。家人、主事谁都挡不住，她只一口声要见施主，说是来给他祈福消灾，假若不给她五十个袁大头，她扭身就走。桂三爷大喜的日子，谁都怕出纰漏，就报了进去。

桂三爷那时刚拜完天地，正喜上眉梢；又见那女尼虽面皮土灰，倒也眉清目秀，最是那一脸天然稚气，更让人认定她不是个骗钱之辈，便笑问道："菩萨光降，敢问有何分派？”女尼道：“施主有难，特来排解。”三爷说：“我大喜临门，诸事顺达，劫难何在？”女尼说：“施主岂不闻凡事盛极而衰？今你妾已排九，数已到极，极则隐含困厄……”三爷一听，心中一惊，说：“敢问菩萨可为我消弭此灾？”女尼说：“容贫尼为施主斋戒诵经焚香七七四十九天，祈求菩萨早为施主降福解厄……”三爷说：“任凭菩萨吩咐。”就忙叫人打扫干净一间屋子，并设下经堂香案伺候……

此后，院内木鱼法铃之声早晚不绝。桂三爷听着心里舒坦，慢慢对这女尼又多了几分敬待。说起这女尼诵经倒还有点特别：每天下午进香前，必先进屋沐浴一番，这才请出桂三爷膜拜陪坐。出家人规矩多，桂三爷自然不好说什么；他只是觉得奇怪：怎么这女尼的容颜一天比一天红润粉嫩？而且，她沐浴的时间似乎也一次比一次长。到后来，只要一听见她在屋内哗啦哗啦的沐浴声他就心乱，就仿佛那水一滴滴都浇在了他心上。而她的脸却又像初春的牡丹桃花，只一天比一天开得妖艳……

那女尼越是好看，那水声越是像个猫爪子似的挠得人难受。一日，三爷实在禁不住好奇，只索性来到屋前，从门缝往里张望。这一看不打紧，可怜三爷早像只落在糖稀上的苍蝇，动弹不得——原来那女尼正一丝不挂，裸坐于盆，双手搓乳，口中呢喃……这哪里是沐浴，分明是一幅杨太真出浴图嘛！三爷看着，早喘起气来，而且心跳得厉害，血直往上涌，只不顾一切，贴住门挤。奇怪的是，门竟开着。三爷一阵狂喜，轻步移前，说：“我的菩萨，你生生要我的命了。”女尼明眸皓齿，微启樱桃小口道：“佛家净地，施主尊重。”三爷一听，只涎着脸嘿嘿笑道：“宝贝言重了，天底下就没有我三爷要不到的人。像柳思绵，还不是没挡得住我娶九姨太。”女尼说：“柳思绵系失足落井，与三爷何干？”三爷突然有点警觉的意思说：“红尘之事，宝贝就免问了吧。”说着，只急不可耐，向前扑去。那女尼一旦落入三爷之手，立马就变得仿佛无骨无肉一般绵软了。三爷大喜，不管粉腮，也无论玉颈，只是乱啃。更让人销魂的是，那女尼突然轻抒猿臂，搂住了三爷的脖子。就在此时，三爷突然感觉到他的后脖颈仿佛被蜂蜇了似的一疼。三爷这时还顾得什么，但三爷霎时间却觉得他的一切努力仿佛都有点力不从心了。

女尼还是照常出来诵经焚香；只不见三爷按时陪坐了。找遍宅院，才发现他早气绝身亡。

没有谁能把一个手无缚鸡之力的女尼和一个风云一时的当地一霸的死联系起来。女尼走了。

多年后人们才知道：那女尼原来是柳思绵在京城求学多年的大女儿。只不过，她后来倒是真出家了……

银环回城记

是梦吗？不是。她的确正气喘吁吁地在这条熟悉的山路上爬行……溪水依旧在路边流淌，山风还在耳边吹拂，但她的一头青丝却早变成了一片秋草……第一次上山去拴宝家的好心情都到哪里去了？难道说她当年一路上听见的那些歌声那些口号也都一样被风吹跑了？真是岁月不饶人啊。当年上山，她——那个稚气未脱的王银环曾怀抱着怎样宏伟的理想；但现在，她——早被生活压弯了腰的王大婶回城去却是为了当保姆做月嫂。唉，要不是为了给她正上大学的儿子小保挣点生活费，她哪里还会再动回城去的念头呢。

说起她当年义无反顾地进山当农民的事，谁不感动？若说起她后来一直默默地心存着返城的心愿，又有谁知道？其实，在她落户朝阳沟，进了拴宝家的门还不到三月，她就后悔了。一开始，为了面子，还忍着，到后来，别说手头拮据，没有钱花，连吃的都成了问题，而她，又生了个女儿，就再也忍不下去了。拴宝说：都是我拖累的。而此时的她除了要做饭、喂猪还要学做针线活，哪还有闲工夫再和他为刘胡兰和董存瑞的故事流泪啊。一转眼，几年过去了。恰在此时，上山下乡的知识青年们开始返城了。眼看着队里的知青都快走光了，她便去找老支书。支书说：不行，你是典型。她说：典型不是人？支书说：可你还是咱朝阳沟村的光荣。她无法，便粜了二斗玉米，买了两条大前门烟，又上支书家的门了。支书见她铁了心，便叹口气说：孩子，不是我有意为难你，不放你走，实在是上面的政策。你来得太早，又在农村结了婚，和他们是不一样的，怎么返城啊？

就随乡入俗吧。慢慢地，她竟也变得真像一个农妇那般实际了：她不啻生了二胎，而且还是个男孩。

她不否认自己生那个男孩（取名小保）时隐约有些杂念。因为说到底，她家那二十亩责任田里的有些农活绝不是一个女孩所能干得了的事——比方说犁地扬场扛麻袋……但自从小保上学的第一天，她就一遍遍告诉他：孩子，你可要好好学，长大了进城当大官去。孩子总是贪玩的，为此她掉了多少泪哭过多少回啊！直到这时她才依稀明白：当年的自己是多么幼稚啊！想当初，为了劝阻自己跟拴保往朝阳沟跑，老母亲都快给她下跪了！不养儿不知父母恩，直到这时，她才明白了一切！

是啊，二三十年就这么跌跌撞撞地熬过来了。她真不敢想象，要是没有母亲的接济帮扶，她能不能走到今天。多少次，没钱买化肥、种子、农药……母亲的电话便打来了。那时，母亲已经退了休。母亲一辈子是个工人，工资并不高，但为了小保念书，她几乎倾其所有了。第一年高考，小保落榜。姥姥说：没事儿，上复习班的学费姥姥包了，明年再考。但接连三次的失利落榜，小保说什么也不愿再复读了。眼看他软硬不吃，铁了心肠，她便扑通一声跪在了儿子的面前说：儿啊，听妈的话，一定要考，一定要跳出农门啊！

终于如愿以偿了。小保终于考上了大学。虽说并不怎么理想，是个三本，但她还是高兴得三天三夜没有合眼。但小保却总有点积极性不高，说：一年学费八千多，拿什么上哟？她却一直鼓励儿子说：别怕，有妈，上，咱一定要上！这时，小保的姥姥已经去世了。老人家离世前怎么也合不上眼，她老人家到底没有看到宝贝外孙子考上大学离开山沟沟那一天。

但世间事却总是大话好说，高调好唱，真做起来，往往不是那么回事。单说小保上学还不到一年，家里的积蓄早花了个精光。他爹拴保除了会讲几句英雄故事，就是干活，到哪里去挣钱？更何况年龄已大，能干什么？可怜她走投无路，只好回城，去求同学。同学中的确有几个混得好的，见了面也很客气的，也把她英雄啊模范啊夸赞了一阵，但说到关键处，却往往政策性极强，说：啊，你也知道，我们单位……我是个……手中没权。

她自己也跑了不少单位，但上工厂她没技术，去酒店又青春不再，搞公关更是不会……跑着跑着，禁不住一阵心酸，悲从中来：想想自己当年的朋友同学，哪一个现在不混得有模有样，而自己，枉为人母，一把年纪，却不得不给人去当保姆……也罢，为了孩子早日回城，给人当孙子她都愿意。

进城去的长途汽车终于来了。上了车，她想：等会儿下了车，她要做的第一件事应该是到母亲的坟上去给她老人家上支香，告诉她老人家，不孝女终于又回城来了……

宫丙和他的情人

多少年过去了，我一直在怀念着一个名叫宫丙的人，尽管他只是一个十分卑微的“秦国”小卒。

那是一个阳光灿烂的下午，田野里却空无一人。我是到我家的黍地里拔草去的。那年我才十五岁，假若力气再稍微大点，我不是进北山上工地去修驰道，就是被抓到军队打仗去了。但那天，我却被我的孤影踩出的足音惊得心惊肉跳。真奇怪，宫丙和罗敷怎么不见了？这两个狗日的……此时，我的心已早被那两个狗男女整日里的眉来眼去和我所猜不透的那些嬉笑的含义啃咬得难以忍受。此时，我担心的绝不是因此而连坐，不是。

不错，我们三家的地畔相邻，罗敷家的地在中间。我们的家住的次序也一样。罗敷家地里种的是桑树，她家养蚕。宫丙家种粟和菽。宫丙要不是因为在攻打楚国的战场上受了伤，成了瘸子，这阵会待在村里？罗敷的男人，则没那么幸运，死了。很长一段时间，田地里就只剩下我们三个人劳作的身影。偶尔谁一句玩笑，空气都会一阵颤动。慢慢地，便有一阵阵细微的脚步声经常像个猫似的在田野上回荡。也难怪，一个女人家，什么事不需要帮忙，所以宫丙便常去桑林干点重活。有时，我以为他是去歇息或吃饭，但冷不丁，却突然从桑林深处传出了他的一阵欢笑。他们究竟在干什么呢？真是的，他们在不在田间关我屁事，我为什么要心烦意乱？

但我的心怎么也放不下。“他们在干什么”那个问题对我简直就像一块骨头对狗那样关系重大。我是不是疯了？在我把整块地都搜寻了一遍后，我终于在一个小窑洞前找到了正在穿衣的他们。不过，使他们惊讶的不是突然出现的我，而是站在我身后的另一个人——里正。原来里正是给我们派活来了。里正说阿房宫的建设正进入关键阶段，工地上人手不够……宫丙没听完就说：

我腿瘸。里正说你狗日的蒜还没装够？你哄谁？

至此我才明白，许多次，为什么我在桑林里连个抱着女人跑的瘸子都撵不上，原来他的瘸是装的，目的还不是为了躲避徭役。没办法，我便和宫丙来到阿房宫工地。我们的活儿就是运土筑高台。大冬天的，冷倒不怕，我挑担，他推车，都跑得浑身汗豆淌。就是饿，一天只喝两碗粟黍汤，根本撑不到天黑……但我们的脚步还没慢下来，监工的皮鞭却早落了下来。好在，有弟兄们相互照应着，他们也不敢太黑了。知道嘛，罗敷还来过两次。偷偷摸摸的，我给他们放的风，宫丙装作解手，也不知在一个壕沟里干什么，吭吭哧哧好半天，宫丙最后还给了我一块狗肉说：“吃，是罗敷带来的。”她说：日子没法过了，没有吃的，她就把狗杀了。还说村里已经饿死了不少人了。

开春的一天早晨，一个军官突然来了。他说：从现在起，你们都成了一名军人，跟我平叛去。我们便放下推车和挑担，拿起盾和戈，开到前线去了。对我们而言，当军人似乎比做徭役还好点，最起码，有饱饭吃，而且还自在点。说到战场，那的确是个玩命的地方，但我们要消灭的那些人，说到底都是些和我们一样的饥民，前世无怨，今世无仇，我们何故要取人家性命？但情况很快就有了变化。第一天战斗，我们就死了两个兄弟。第二天第三天……眼看着和我们一起做工的兄弟一个个倒下，我的心都快碎了。我哭着，不顾一切地冲杀着……突然，就有一支飞箭扎在了我的胸口。我倒下了。当我睁开眼的时候，才看见宫丙正把我紧紧地抱在怀里。宫丙突然流下两股泪，说：兄弟，有什么话就对哥说吧。我笑笑，突然有点不好意思说：哥，你和罗敷姐……经常在干什么呢？宫丙又流下泪来，说：兄弟，你可要坚持住，等咱回了家，哥一定帮你把罗敷的妹妹娶回家……但这时，我已经咽了气，死在了宫丙怀里。

宫丙慢慢把我放下。宫丙的眼睛突然红了。我从没见宫丙有过如此可怕的表情。他简直变成一架十分灵巧的杀人机器了。但杀到一个仍在喘息的叛匪面前，他的手却突然僵住了。并不仅仅因为她是个女的，他猛然从什么地方听到一阵阵微弱的呼唤声：宫丙——啊！是罗敷！他一下子把她抱在怀里说：你怎么会在这里？她咧咧惨白的唇，说：我们解救你们来了……说着已晕厥过去……醒来，只一遍遍恳求宫丙说：哥，快补我一刀，求你了……宫丙哭着紧紧地搂住了她的腰，就慢慢把一把刀插了进去。她只一直幸福地笑着。

我们都立了功。后来我们就被人烧制成陶俑去做了守护神了……就在我们被人填埋的一霎，宫丙突然一个激灵清醒了过来，一把将我推出陵墓之外说：快去找罗敷妹妹去。

多少年后，我才有又见到了他——那个著名的跪射俑——宫丙，在那一霎，我们哭着抱在了一起。

华佗大夫有点傻

研究生毕业，找了不少的门子，攀了不少的老乡亲戚，也给人土特产呀纪念品呀地送了好些东西，白扔在饭店酒桌上的冤枉钱就更别说了，结果屁事没顶，最后还是到一个学校当孩子王去了。早知如此，大学一毕业，就痛痛快快地找个学校混去，多省事啊。

不过话说回来，蓑衣就是再不挡风，到底还是张能唬人的老虎皮啊。要不，刚一到校，我凭什么就平步青云当了语文组组长？凭这势头，再混几年，积累点人脉关系，当个副校长、教务主任什么的也不是没一点儿可能的。

这也就是我为什么那么不要命工作的原因。我得把每一节都讲得不同凡响。既是肚子里有学问，卖弄一下文墨又何妨。比方给学生们上《关羽刮骨疗毒》那一课，我不仅把关羽大无畏的英雄气概讲得头头是道，还捎带把华佗大夫的生平事迹也绘声绘色地讲了半堂课：华佗大夫在给关羽治好箭伤后，关羽给他千金作为医疗费，他却不要。后来，曹操得了头疼病，又请他去，他却硬是不听曹丞相的话，固执地要按照自己的医疗方案开刀治疗，结果弄得曹丞相很不高兴，就治了他的罪，最后要了他的命。华佗是那个时代的一位神医。他不仅发明了最早的麻醉药“麻沸散”，还琢磨出了最早的广播体操“五禽戏”……我正口若悬河，讲得洋洋得意，却突然有个同学举手提问。我一看是孙正阳，便说：“孙正阳同学，请讲。”

孙正阳便肃立说道：“我觉得华佗大夫有一点做得很不够，哪就是不尊重领导。”

我心想，我要是有曹操这样一位当领导的老乡该多好。嘴上却说：“作为一位有良知的知识分子，就应该坚持自己的观点。”孙正阳说：“就算是吧。但他怎么连一点点上进心都没有啊？从关羽到曹操，都想把他留在领导机关工作，他为什么非要干个体户当游医呢？”我心想：是啊。要是我，早求曹丞相了，先出国深造去，最起码也在中央哪个研究院当个院长。嘴上却说：“华佗大夫不计名利，心系百姓疾苦，难道不好吗？”

在我回答孙正阳同学问题的时候，其他同学都只默默地听着。因为大家都知道，正阳的爸爸是县长，家里来来往往的人多，他见多识广，其他人又能插上什么言呢。

但这时，刘秀华同学却举手了。她家是卖酱牛肉的，所以她的同桌老说哪里有一股羊膻味。她发言时声音很小，所以我竖着耳朵才听清她的话了：我觉得华佗不收关羽的医疗费是不对的，毕竟他也凭手艺吃饭嘛……

我想，要是我，就不好说了。有了这笔钱，我房子有了，宝马车也开上了。想着，面上却说：关于这个问题，就看各人是怎么对待了。但不管怎么说，我们都不要把金钱这一问题看得太重了。

要不是下面又有同学举手，我真想趁此机会把金钱和名利这一对大坏蛋统统比作粪土大发一通感慨。但不等我喊出那个同学的名字，他却早站起来说话了：我觉得华佗大夫虽有一技之长，却没一点儿经济头脑。比方说我爷爷，虽不是大夫，却写了一本《把喝出来的毛病喝回去》。我知道我爷爷是忽悠人的，因为他自己从来就没喝过绿豆水，但华大夫的五禽戏却是货真价实的，他为什么不写一本书，发一笔财呢？

张小悟同学的话音刚落，大家便唧唧喳喳议论起来。有的说：是啊，到电视台去做个节目宣传宣传，效果会更好。有的说：干脆成立一个五禽戏有限公司，请曹丞相来剪彩。有的说：还得请个明星当代言人。

我一看课堂秩序乱得没法控制了，便说：同学们静一静，静一静，今天的课就到这里。今天的作业是写一篇议论文：《从华佗的人生谈起》。可以和家长交流讨论，明天下午交作业。

看了大家的作业，我的脑子里乱得都快成糨糊了。同学们各人有各人的看法，比方说，有人认为华佗应该改行从政，凭他和关羽、曹操的关系，应该大有作为。有人认为华佗应该去办学，凭他的学术地位，三年搞个亿万富翁应该不成问题。有人认为华佗应该去当房地产开发商，也有人认为他应该去当顾问……虽说大家的看法千差万别，但最后有一点却完全相同：华佗怎么尽干傻事啊！

刘巧儿后传

村头，树下，一个满嘴没牙的老太太拄根拐杖正向远方眺望……

她再也走不到村外的那个小桥边去了。五十多年前，开大会、领棉花、送纺线……她曾多少次走过那个流水潺潺的石桥啊！现在，虽已老眼昏花，她却在眺望着一个更远的地方……她目光的尽头，正是儿子和孙女每次出外打工时背影消失的地方。

听人说，儿子是去了煤矿上挖煤；至于孙女，究竟是在饭店洗碗还是在纺织厂做工却没人知道。

就这样一直站到天黑。就这样让自己在傍晚的朦胧里成为一个耸立在路边朽树的剪影？回家还不是孤独。你问赵柱儿？他早死了。现在就只剩下自己，走这条路了……想当年，她挎着装满棉花的小竹篮，牵着赵柱儿的手，一脸抑不住的喜悦，把一张张大红的奖状捧在手里，在这条小路上，像花一样，绽放过多少人生的精彩……这条路，落满了她人生的梦想，让天黑去，走这条路她不用眼睛……

就把刘巧儿走成了刘大婶。又把刘大婶走成了刘奶奶。现在，人们是不是都快把她遗忘了呢？

往事如昨。后来就吃食堂。后来就“大跃进”，但即就是再后来的农业学大赛，她刘巧儿和赵柱儿哪样事儿又不是走在最前头？哪年又不是模范？哪年又不得一条毛巾（有时是一个搪瓷脸盆）和一张奖状啊？再后来，那件不幸的祸事就发生了。当时，正是“决战村西大坝一百天”的关键时期，为赶工期，赵柱儿带领20名突击队员没黑没明挖土方，一不留神，就发生了塌方——就是从那时起，赵柱儿光荣负伤，成了一个瘸子和英雄……

哎，屋漏偏逢连阴雨，谁会想到好好的日子会过到头好好的生产队会解散啊。就分田到户种责任了。也有人家的日子过得又吃肉又穿袄的，他们却过得越来越凄惶了。怪只怪柱儿的腿太不方便，别说出门做个小买卖，连自家那几亩责任田都种得费劲吃力……一开始她和柱儿还把那些奖状荣誉证书什么的宝贝似的在墙上挂着，在箱底放着，但慢慢地，那些东西就越来越少，到现在都快失散完了。

失散了就失散了，身外之物，在乎什么。这辈子让她最最痛心的事就是把两个孩子的前程耽误了。为了不影响生产，多干点活儿，他们在三十过后才要了孩子。实在太晚了。分田到户种责任田的时候他们的大孩子才读高中二年级……日子过得难啊！当一个人觉得他的穿衣吃饭都快成了一个亟待解决的大问题的时候，上学读书显然也就成为不那么重要的一件事了。而他一从学校回来，立马就成家里的顶梁柱了。二小子从小帮他爹干活多，学习一直就不好，高中没考上就出门打工去了。紧接着就是给那两个小冤家定亲娶媳妇那件头痛事了。说起这事，还真多亏人家王寿昌帮忙了，要不是他那么慷慨地雪中送炭，她能那么顺当地把儿媳妇一个个娶进门吗？

她真是做梦也想不到：原来他寿昌伯大好人一个啊！寿昌他哥第一次从台湾回来，给全村人都买了礼物？她家当然也不例外，收到了一大包点心。第二次回来，就给村里装了路灯，给大伙儿把自来水都通到家了。村里人那个感激啊，就给他家立了功德碑……听人说：寿昌还动员他哥在村里投资办厂哩。那阵儿，就是她给两个儿子娶媳妇的时候，房子漏雨，却没钱修，柱儿急白了头，病在床上……寿昌知道了，说：活人不能让尿憋死！就出钱给他家把旧房翻修了……

转眼间就有孙女了。柱儿和寿昌却相继撒手人寰，去了。儿子和孙女们一出门打工，家里就只剩下她一个孤老婆，好冷清哟。最近几天，她倒是到村口去的勤了——她还不是操心儿孙们嘛……只要电视上一说煤矿上死人的事，她的心就直跳，只担心儿子在井下出事；而且，孙女说她这几天要回来，原来孙女把婆家找下了……

没过几天，孙女果然带着一个半大小子回来了。那孩子嘴也真甜，见了她只“奶奶奶奶”叫，她却总有些放心不下。一天背过那孩子，她问孙女道：“他爹干啥？”孙女说：“和我爸一样，打工。”又问：“家里几套房？”孙女说：“没有。”又问：“存了有多少钱？”孙女终于憋不住，笑了：“奶奶，瞧你都乱七八糟问些啥，俗不俗呀你？谁不知你当年和我爷爷的事……只要勤劳……”她却只叹口气说：“哎，傻孩儿，别再不懂事了，奶奶是过来人，啥事不知道……你知道奶奶这辈子跟你爷爷遭的啥罪吗？奶奶苦啊……奶奶可不想让你再走我的老路了……”

一囤豌豆

当猛一听说仓库里那一大囤豌豆一夜间不翼而飞的时候，秋家村的老少爷们儿一下子惊得目瞪口呆，舌头吐得像三伏天的狗，半天都不知道缩回去。

那一大囤豌豆，少说也有五石五，一千六百多斤。它可是村里那几槽牲口多半年的口粮啊！一夜说没就没了，让人咋接受得了！

谁会相信这样的事情？也难怪这些吐着舌头的人去了一次还不够，还要三遍四遍在那个空囤跟前站站，生怕自己是在梦中……

大家一遍遍看仓库的门锁，好好的；再看仓库的院墙，上面绝无一丝一毫新踩踏的痕迹；仓库只有一个窗户，又早用铁钉钉得死死的，细看窗台上的灰尘，还是老样子……要一夜间把这么多粮食运出仓库，除非是……

但保管员永魁，绝对的好人一个啊！政治上看，三代贫农；业务上看，物账两清；品德上看，勤勉老诚。这样一个人，别说全秋家村，全公社也难找出第二个了，怀疑他，简直可以说比丢了那囤豌豆更让人无法相信呀！

其实永魁早就吓得病在炕上了，而且病的还不轻。大家听说了，便又来三三两两看望他。看着永魁不住淌眼泪，大家便劝他说：“你也别太着急了，事情总会有个水落石出的。”永魁听了，却又淌出一股眼泪说：

“我后悔……我好后悔……”

大家便也有点伤心起来，说：“也别太怪自己了。村里人谁不相信你？那么大一囤粮食，即便你有那么个心事，一袋一袋往家背，一晚上也背不完呀……再说了，这么大个村子，晚上出来屙屎尿尿的人像线串的……一晚上也没在街道上遇见狗大一个人呀……别太往心里去了……”

永魁却还是不断淌眼泪，说：“我真后悔……”

大家便又说：“你把村里的仓库管得那么好，也算尽到责任了。”

看着永魁痛苦成那个样子，一村人都有点不落忍了。大家一个比一个心里着急，恨不得立马把那个可恶的豌豆贼挖出来……那几槽畜牲的口粮倒在其次了，关键是得为我们德高望重的保管员洗清名誉啊！

该怀疑的对象被大家一个个否定了。能想到的疑点也被大家一一排除了。大家也把近几日村里发生的所有异常现象像篦头发似的篦了几遍，从中却没有发觉哪怕虱子大点有用的线索。上面的领导也来指导过，县上的领导为此还有过一个十分重要的批示，但大家一切辛勤的努力却似乎都付之东流了，那个可恶的豌豆贼仍不知在哪个阴暗的角落里隐藏着，企图与人民为敌到底。

看来不抓抓阶级斗争这个纲是实在不行了。村里没地主，只有一个三十来岁的富农分子，只好将将就就用一用了。攻势可以说相当迅猛，才两天工夫就把那个叫秋富玉的坏家伙打翻在地了。遗憾的是，大家虽把嗓子骂哑了唾沫唾干了，却还是没从那个坏东西的身上榨出什么油水。但不把他继续往死捶让人再想什么办法去？大家谁心里不清楚：目下也只有这一条路可走了。秋富玉这次是被彻底征服了。他像一摊稀泥似的躺在地上，脸上的内容丰富得早超过痰盂和马桶了。人家问他，只听见他喉咙里痰响，却辨不出任何意义了。

“秋富玉，说，谁偷了豌豆？”

秋富玉就嘴角流出一股涎水唔哝说：“……”

一看秋富玉说话了，大家高兴得赶紧用耳朵去贴他的嘴说：“声大些！”

秋富玉就再唔哝一遍说：“永魁……”

大家虽很失望但还不死心，说："再说一遍……说清楚！"

秋富玉便又唔哝一回："永魁……"

大家的心便一紧问："啥时候？"

"给我家打短工的时候……他偷抓了我……马槽里一把豌豆……他才来了两天半……就被我爷赶走了……"

大家这才透出一口气来：原来是偷富农分子的豌豆，应该！这个坏东西，还记着这些陈谷子烂芝麻的事，往革命群众脸上抹黑，看来贼心的确是不死。大家便又往他脸上吐了一层口水，并争先恐后朝他屁股踢，秋富玉便再不会哼哼了。这样一来，大家的心里一点着落也没有了。

也只好挨家挨户搜了。除此还有屁办法……

搜的结果也不尽如人意。仅只剩下队长永魁等几家没搜了。但就在大家走进永魁家，准备把这个过场走走的时候，永魁突然从炕上跳下来，一把拦住大家说："豌豆就在我家的囤里放着，不要搜了。"

大家一时还是反应不过来，问："真是你偷了豌豆？"

"是我偷的。"永魁这阵倒显得不像躺在炕上时那么虚弱了。

大家还是不相信，说："这么多豌豆你一晚上是咋弄的？"

"都是我一把半把装在衣兜里一次次带回家的……"

还是有人不相信，说："就是豌豆长了翅膀也飞不了那么快。"

永魁说："我一天从家到仓库要跑五六个来回，哪趟都不空回……前后共跑了十个月零九天……我在仓库的囤里埋了大草袋，没人看出来的。"

大家还是摇头表示难以置信。直至站到放在永魁家楼上的那个大豌豆囤跟前了，还是恍若梦中。便有人不解地问："你偷也偷了，一颗也不动，放在这儿替生产队免费保管着它干啥？"

永魁便稍有点不好意思地叹口气说："嗳，你不知道，一看见那么多那么好的豌豆，我的心就禁不住痒痒，手也禁不住痒痒，我不知怎么的，一天不装回几口袋……晚上睡觉就睡不香……其实我也后悔，但我……"

大家便都苦苦地笑了。

永魁并没有被送进监狱。村里人自有村里人的行事规则，还替永魁悄悄把这件丑事压了。倒是从此以后，一些新的话语便在秋家村流传开了。若是孩子不好好念书，大人便骂说："你要有你永魁叔一半的恒心，早把县中考上了。"若是哪个小子做事不踏实，大人便叹气说："你咋就不学一点点你永魁叔的样样！"

第七辑

职场生涯

狗殇 / 病因不明
城里的兄弟 / 搭积木的老人
一字之差 / 什么在叫
报复 / 永远饥渴
小心，有狼出没

狗殇

上班很清闲，回到家，也就是做做饭扫扫床那点事儿。孩子大了，成天不着家，两个老夫老妻的人成天在家大眼对小眼有什么意思。柳桂兰便问同事陈大姐，说："你们在家都干什么？"陈大姐说："看电视，织毛衣呗。"桂兰正嗑着瓜子，陈大姐知道桂兰不会织毛衣，便说："去养条狗吧，养狗多好哇。"桂兰说："好啊，哪你帮我踅摸一条吧。"陈大姐说："不早说，我妹妹家的狗刚下了一窝，明天给你逮条来。"

狗送来了，毛茸茸的一个肉球，桂兰一见就抱在了怀里，亲得像干儿子。他老公老刘却有点抵触情绪，说："多脏。"桂兰说："谁让你带了？"又亲着小狗狗说："以后我天天带你去遛好不好？"嘴里说着，脑子里早有个画面出现了：一位高髻美妇，穿着貂皮大衣高跟皮靴，牵着一条卷毛小狗，踩着好听的橐橐声，散着一路馨香，走过街道。她当然知道她是谁了。但现在，她却早把那个人换成自己了。不错，那女人就是住在他们楼下的局长夫人。但难道说她就不能像局长夫人那样幸福地牵着狗在街上走了？

从此，上班也操心，下班就伺弄，狗狗一天天就大了。大了心就野了，带着出去一回，兴奋得直撒欢儿。夏天乘凉，就带下楼去。大家一群人，穿着大裤衩，靸着大拖鞋，摇着大蒲扇，唧唧喳喳，嘻嘻哈哈，拉家常，其实只是变着法儿夸赞着自己宝贝，还怕人不信，就让现场表演，说："贝贝，给姨姨作个揖。"贝贝就直起身子，作起揖来。大家便笑说："好啦好啦，贝贝真乖。"有时，正说着，局长夫人就牵着狗从旁边走过去。便有人压低嗓门趴在桂兰耳边说："她那条狗好贵的。"正说着，才发现局长夫人的目光扫过来，那人便立即笑着和局长夫人打招呼，说："这里好凉快，坐下歇歇。"夫人笑笑，说："不啦，回去还要给欢欢洗澡呢。"正说着，桂兰的小狗贝贝追了上去，和夫人的小狗欢欢玩了起来。大家见了，都笑说："瞧它俩多亲热。"夫人想走，贝贝只追着跑。跑着，就扑到欢欢的身上。莫非贝贝也渐省"人事"，懂得爱情了？但欢欢却不让它得逞。打闹中，欢欢好几次被压倒在地上。大家见了，都惊叫起来："贝贝，快回来！"夫人的脸急得通红，只牵着欢欢躲，但贝贝的动作却越来越下流粗野。桂兰急得没奈何，一脚踢过去，才把贝贝赶跑了。夫人的脸红透了，嘴里嘀咕着"没教养，真粗野……"走了。

没情没绪地回到家，晚饭也没心事吃，桂兰就躺在床上，躺着也睡不着，眼前只一遍遍闪过局长夫人愠怒的脸庞。也不知她把这事告诉局长了没有。要在平时倒也罢了，关键是这几天局里正在搞机构精简，要是因这事丢了饭碗，实在是……就这样迷迷糊糊直到黎明，起了床，看着是到楼下扭腰锻炼去了，心思却在一旁。终于，局长腋下夹了个包出了楼道。她立马迎上前去，满脸堆笑，问着好，眼只打量着局长的脸色瞧。这一瞧，心便一沉。啊，局长的脸色很不好看，明显的是对自己有了……莫非是？

她一天都在为局长的脸色而心焦。现在还有什么补救措施没有？这一想，就想到了老刘刚从老家带来的玉米糁儿。山珍海味他们吃腻歪了，这玉米糁却是个好东西。说送就送，就去按了局长家的门铃。局长夫人笑说："不用不用。"她也笑说："尝尝鲜，一点心意。"当晚，她才算睡了个安稳觉。一晃三天过去。那天早晨上班时，她才发觉：她送给局长夫人的那一小袋玉米糁儿原封不动地在垃圾箱里扔着……

她的心情很不好。这说明了什么？人家心里的疙瘩到现在还没有解开。

天气一天天凉了。机构改革工作却还没有结束。自打贝贝给她惹祸后，她就把带贝贝下楼的时间改为三天一次了——就这一次，还在晚上9点以后。这还不放心，又给它缝了一件又窄又紧的花衣。贝贝穿上，像个小丑，走路一扭一拐，比鸭子还会摇摆。她的心这才稍稍有点放下了，说："出去再别调皮了。"

做梦也想不到，贝贝出了意外了。那天是老刘带它下楼的。走到一个河堤边，遇到个工友，就站下说话，贝贝就自己去玩了。但一步不稳，就掉下河堤了。河里水急，到第二天才找到了贝贝的尸体。

桂兰哭了，哭得好伤心。其实她三天前就知道自己要下岗的消息了。她是哭自己还是哭狗，没人知道。

老刘说：“别哭了，等退了休，我给你再买一条养。”桂兰吊着鼻涕眼泪说：“不，我再也不养了……”

病因不明

都晚上十点多了，老吴还没一点点上床睡觉的意思，一会儿趴窗口看看，一会儿站门口听听，心思不知跑哪儿去了。老伴提醒了几回，说：“洗脚水凉了。”他只嗯嗯地答应，却还是在客厅盘桓着。明天是中秋节，他就不相信真没一个人登门看望他来了。往年这时候，送月饼啊水果啊那个什么啥的人早都把屋子挤满了。难道说……

早在几天前，老伴就说：咱去买月饼吧。他说：不急。他就不信，自己退居二线才仨月，人情就这么薄。直等到一点多钟，心才慢慢凉了。其实老伴也没睡着，老伴说：“到明儿，咱拣好的买去。”

但这难道是几个月饼或者水果的问题？他要的，岂是钱买得到的？要说他自个儿也心里明白，这些个虚头八脑的东西争来争去也没啥球意思，但事到临头，却总是发迷，难受得不行。想当年，在台上那会儿，谁见了他不是毕恭毕敬，但现在，有些人竟不喊他局长，喊起老吴来了，还有些人，竟径直走过……这真让人心里不是个味！

不知从什么时候开始，他有点懒得出门。老伴看他的话一天天少，便说：也不出去转转，打麻将玩玩。

老伴说这话，自然大有深意。在他们局，又有谁不知道吴局长的“麻技”超群。过去，在他们吃过饭或洗过澡后，总有人提议：搓两圈玩玩？于是大家便围坐一起，修起长城。天长日久，吴局长便练得一手好牌技。有许多外单位的人对吴局长百战百胜的佳绩深表怀疑，但一经切磋交流，才心悦诚服说：“名不虚传，佩服佩服。”所以每次在打完牌回家后，吴局长总是甩给老伴一沓钱说：“赢的，数数。”老伴说：“不少。”

但不知怎的，一进麻将馆，老吴的手气却总不怎么样。老伴说：咱不在乎钱，玩个高兴。但老吴却奇怪：怎么自己堂堂一个“麻坛”高手，却总输牌。也真是奇了怪了，他总是那么牌背。老伴说：不对呀，是不是有啥猫腻？一开始他还真不信那个邪，但到最后，还真是没了脾气。老伴看他输牌输得很不愉快，便说：“以后少到那种地方去。咱玩也得来点高雅的有层次的，傻乎乎地给一群老油子解闷……啥劲？”

吴局长曾经是局里最著名的文化人，这一点当然毫无疑问。想当年，局里有啥活动，他的书法表演是不是最后的压轴戏？往往，他还没走下主席台，大家早把笔墨纸砚铺陈就绪；他正润笔，大家却早屏声静气；他一运笔，大家便目光如炬……他还没落笔，掌声却早已响起。这时，总是办公室主任等几个人出场。大家小心翼翼，把新作抬走。在他们局，能拥有那样一幅墨宝是不是一种荣耀？现在自己有了时间，不纵情艺海更待何时？

于是，在局老年活动室，老吴摆开了书案。一开始大家好奇，都看得仔细，但慢慢的，便减了兴趣。碰上刮风下雨，活动室便没了人。老吴看着自己的作品几天放在屋里无人问津，心里便很不是个味。这时，大家对老吴的书法又有了新的评价。按几个书法发烧友的说法，老吴书法的意境已大不如从前，关键是没了从前的那种胸襟和霸气……于是大家便一阵感叹：一个人的艺术生命何以如此之短？一个艺术家的诞生何以如此之难……

老吴好几天待在家里没出门。老伴看着他的饭量也大不如从前，便摸摸他的头，问：“你感觉怎么样？感冒了没有？”老吴一阵烦躁，说：“你烦不烦？”老伴只不认识似的看着老吴，老伴这时突然想起闺女对自己说的话：我看我爸这几天的眼神和说话都有点不大对劲，有空儿带他去医院看看。便说：有没有病到医院去查查能费多大的事？听话。老吴的心便有点转。老吴便去了医院。

挂的是专家号。但查了半天，却查不出毛病。专家便说：回去多做户外活动，比方说钓鱼、打太极拳……

老吴决定去钓鱼。垂钓对老吴来说实在是小菜一碟。闺女一听，高兴得直拍手说：“好哇，好久没吃爸爸钓的鱼了。”并且立马给小姨和二舅打去电话说：“我爸爸要去钓鱼了，你们快把冰箱腾下，有木盆准备两个。”老吴出门的时候，对门邻居也知道了，打招呼说：“吴局长，钓鱼去？”他们家吃吴局长钓的鱼难道还少？所以总希望历史重演，再把局长家消化不了的大鱼分几条吃吃……

以往钓鱼，老吴总是被单独安排在一个池边。现在没那个条件了，就随便找个地方钓吧。头一天也许手生，老吴连个鸡毛也没钓着。第二天，老吴虽换了好鱼饵，但还是没有收获……

失望的不仅仅是闺女、二舅和邻居，连老伴也禁不住心里嘀咕：怎么回事？莫非真……老年痴呆……

老吴稀里糊涂被老伴骗到医院去了。医生诊断了半天，也问不出啥名堂，只说……病因不明……

城里的兄弟

一想起马上就要进省城务工去了，菊香嫂好几天心里都有一种暖洋洋的感觉。其实她也没什么亲戚在城里，但村里的大婶大娘却都说：“你城里有建平那么一个好兄弟，还怕找不下个好活儿。”菊香嫂说：“人家城里人事多，还记得谁是谁呀。”嘴里虽这么说，菊香嫂的心里却像开着一朵花，乐着甜着。

都是些老掉牙的事了。那时菊香刚当新媳妇，而王建平还在村上当知青。城里娃来乡下闹笑话那是平常的事，说起建平，几乎把洋相出尽。刚来村上没几天，他就上吐下泻躺在炕上。医生说是水土不服，谁也没法。她婆婆心软，直骂造孽，就把他接到家里。虽说那时大家的日子都过得紧巴，但慢慢的还是把他调养得有了点人样。好容易熬到能下炕干活了，却又在一次送肥时崴了脚……说起来真叫可笑，他后来不知怎么又弄伤了手指，鲜血直流……她婆婆哭笑不得地说：“真真是请神容易送神难，我的小祖宗，你别再折腾人了行不行。”后来，就一直在她家住到返城了……一天三汤三饭，不是菊香烧锅燎灶端上端下又是谁，走的时候，都舍不得分离，建平哭得泪人儿似的。三年了，是快石头也捂热了，人的心，再硬，也是肉的。

开头几年，还常牵挂，一进建平住过的窑洞，菊香总是想起这个小弟弟的一颦一笑，嘴上也常说：“什么时候去看看建平。”但一转身，又忙起活计。建平倒是来过几封信，说他在梦里还常想起菊香嫂做的酸汤面……

日子过下去，人什么时候老了都不知道。可不，她婆婆已在大前年去世了，她的女儿，已上了大学。哎，说起来，这次要不是为了女儿，她四十多的人了还会进城去打工嘛。学费太贵了，她能挣多少算多少，能帮一把是一把吧。为了女儿，什么苦她不愿意出呢？

省城太大了，但是为了找建平，她不怕把腿跑断，也不怕把嗓子喊哑……最后是一个好心的老大妈阻拦了她："大妹子，别找了。"直到现在，她才后悔：当年怎么就没有把建平兄弟的地址留下呢。不过，天下到底还是好人多，她很快就找到一份活儿，在一家家政公司当起服务员了。

除了手脚勤快，菊香嫂还有什么能耐呢？说到掏力下苦，对她又算个啥？给人的感觉：她不乐呵呵地咧嘴笑着似乎就不会说话。也不是她不想偷会儿懒喘口气，实在是活儿多得干不完啊。而一接到女儿的电话，她总是乐哈哈地告诉她：你建平叔叔给妈妈把一切都安排好了，妈妈一切都很好，你放心……

那天，刚干完三个小时的保洁活儿，她又接到一单活：到天堂小区给王局长家送水。这对她来说当然是小菜一碟。但因为今天服务的是个新雇主，所以她不止一遍核对过门牌号码，才轻轻地按响了门铃。

开门的是个秃顶的中年男人。她笑着，他却只一味冷冷地站在门口，又像尊木偶，极不耐烦地指着饮水机的位置。一开始她还以为他是个聋子，但她马上就明白：不是。她也想以极快的速度从他眼前消失，所以才一路小跑……但是糟糕，她提水用的钳子，突然蹦出了裤兜。但她什么也顾不得，只等换好了水桶，才回过头去。

你看你看！那头沉默的雄狮终于暴跳如雷了：你把我的地板砸成了啥？你要赔！赔！

菊香几乎是扑向前去捡起钳子用自己的袖口擦起了地板。地板是木地板，而且的的确确被砸出了米粒大一个小坑。菊香是讲理的人。菊香便咬牙一下子掏出二十元钱说：我赔我赔……

中年人连看都不看她的钱和手，说：我是什么地板知道不？紫檀木！你的衣服就干净了，擦什么擦？污染环境……影响人的情绪……我打电话让你们单位的领导来评评理……

看着中年人已经拨动电话的手，菊香一下子紧张得快流下泪来，说："别别别……你说多少钱，我给。"

三百。中年人冷冷地说：你要再啰唆一句，别怪我不客气。

几颗晶莹的泪珠不知何时已涌出眼眶。三百元对她的确是个不小的数目，但假若让公司接到投诉，她将失去工作。但就在她把那三百元递过去的时候，她突然一惊：一个伤疤——她从他的手指上看到一条熟悉的伤疤！她下意识地抬起头来，果然从他脸上依稀看到了建平的影子……她还愣着，他却早咆哮起来：还不快走！

身后是一声极其粗暴的关门声。她却还在想着那个影子。毫无疑问，是建平……但她却再不愿回头过去，只朝前走去了……

搭积木的老人

上学，工作，做领导……一切都戛然而止于两鬓的秋霜，他就退休了。

其实买买菜做做饭逗逗孙子的生活也蛮有趣的。说到生活，云里来雾里去的开会作报告是一种选择，出入于楼堂馆所周旋于宴会酒桌的应酬是一种选择，但难道说采菊东篱忘情山水或含饴弄孙就没有一点点乐趣了？

几十年跑江湖呼风唤雨，到终了却又变成一个老马仔；不过，无论是谁，给小孙子跑腿，心情总是阳光灿烂的。孙子说："我要骑马。"他就赶紧趴在地毯上。孙子说："咱们玩积木吧。"他说："好啊。"

但他却只能给小孙子打下手，他要敢垒一块小构件上去，小孙子总要拆下来说："不要这样摆。你摆的是不对的。"他哈哈大笑，说："好，爷爷服从命令听指挥。"于是，一座无比华丽雄伟而又奇形怪状的宫殿就在祖孙俩的欢呼声中诞生了。正高兴着，却早轰一声倒塌了。倒了再垒。不过，重新建造的宫殿却和前几次的完全不同了。上次放在下面的构件，这次却不知怎么跑到了上面；那块绿色的拱门原来在最上面，这次又放到下面……那一堆花花绿绿的小碎片，的确不是面团，但其实，它比面团还善变，谁知道其中藏着多少的乐趣……

看着孙子对此乐此不疲，他却想起他的童年。他那时最爱玩的是什么？当然是泥巴了。积木见都没见过。但难道说泥巴没积木好玩吗？恰恰相反，他一玩起泥巴就像丢了魂了。什么鸡呀狗呀以及连他都叫不出名的东西就在他的小手中一个个变出来了。后来就上学了。想到上学，他突然说：小子，到后年你该上学了。

孙子说：好。哪你要给我买很多很多的笔，还要很多很多的本子。他笑着说：好好，买。

手里拿着一个积木块等着孙子取，他却走神了。他想起了他小时候的事情。真不可思议，他小时候可以说没有正儿八经地用过什么笔。钢笔太奢侈，想都别去想。即便买一个蘸水笔的5分钱对他也是一个天文数字。不过没关系，用一根细竹子削成的蘸水笔也不错哟。他用那个蘸水笔考试不也是回回得100？那时他穿着破衣烂衫却成天忙着。那时他最瞧不起的是闲得无聊胖得发愁满脑子铜臭的人？那时他经常大声宣布说：我死也不做那样的人！正想着，孙子却说：干什么你？他一看手空着，只赶紧抓起一个构件说：来了。

孙子垒着，他却又想起心思。从什么时候开始自己成了洗浴城和宴会厅的常客了呢？说不清……后来，那些个应酬就多得再也没个头了；而且一个比一个重要，不去根本不行。明知是扯淡也不行。到后来，如果哪天没有聚会、没有打牌或者没有喝醉，他就老不习惯，觉得生活寡淡得就像一杯白开水那样无滋无味……他也不知自己有了多少支派克金笔，当然都是开会或剪彩时发的，他却懒得再写一个字；他也有了钱去买高级的碳素墨水，但却一任它干枯在瓶中，像一匹马一腔幽怨地死在厩棚槽头……

爷爷你干什么？孙子看他又偷懒了，生气地说："大懒虫，不玩了不玩了。"说着早哗啦一声把快搭好的辉煌建筑推倒了。那些小构件立马像水一样在屋里溅开了。他赶紧笑着说："爷爷给你搭。小心硌疼了脚……"

但有许多积木块再也找不见了。祖孙俩只好撅着屁股在床下柜底寻找。孙子突然摸出一个东西，说："爷爷你看这是什么。"他一看也愣住了："是一件落满灰尘的小铜马。"但它从哪儿来的呢？他突然想起来了：不错，是那件名叫"马踏飞燕"的工艺品，是他工作后别人送的第一件礼品！他当时多高兴啊！好几夜睡不着，反复给老婆说："可珍贵哩。'放在床头，天天看着，爱不释手……但后来，好东西越来越多，它竟被人遗忘了。

轻轻地擦拭着马身上的尘土唏嘘感叹着，孙子却奇怪，说："爷爷你从哪儿收来那么多的礼物、礼品啊？"他说："什么？"孙子说："比方说皮包呀钟表呀茶杯呀……爷爷我告诉你一个秘密吧——我妈妈不让我告诉你，她把你积攒的那些东西扔了好几编织袋呢，我妈说，'要这些垃圾干什么，尽占地方……'"他听了奇怪说："真的？"

他们又玩开了。默默无言中，他突然想：人的一生，是不是也是在搭建一座什么建筑呢？

只不过，积木搭错了可以从头再建，而生命却完全是另一种玩法——一次也不可能重复。想到这儿，他的心禁不住一阵阵痛了。不想了不想了，一切的一切，都已成为永远的遗憾……

一字之差

一年一度的植树造林活动开始了。全县的头头脑脑们照例又要到凤凰山上去种树。总编说："小秋，这个活动很重要，特别是刘县长还有个讲话，你去……注意，一定要把报道写得生动有趣，别只干巴巴地堆些数字……"。

总编亲自点将，我哪敢有一点点懈怠，自始至终，我都像一块橡皮糖似的黏在领导们身后，一眼不眨地看完了活动的经过，为了数清刘县长培完土后到底用锨在树垄上拍了几下，大水淹了我的鞋跟我都不知道。刘县长最后扶着他刚栽的小树笑吟吟地讲了话。不用说，讲话很精彩，但更精彩的似乎是我的通讯稿。我便把它双手递给政府办公室王主任，说："把把关。"口气里当然有点卖弄的意思。但王主任却一点儿也没夸赞表扬我的意思，因为刘县长今天在场，王主任便哈哈腰笑着说："还是请刘县长审审。"刘县长这时正和几个副县长笑着谈论什么，便回过头来，还没接住稿，嘴里只说："蛮好蛮好。"就在他把通讯稿递还给王主任的一霎，突然又停住手，细看了一会儿说："这里有一个错别字得改改。'机不可失，时不再来'中的'时'应该改成'逝'。逝者，逝去的意思，意思是逝去的东西再也回不来了。"大家听了，都点头说："是啊，是啊。"便有个副县长一旁感叹说："刘县长的文学功底真好。"王主任便说："可不，刘县长的散文在市里都得过大奖。"

总编对我的稿件当然赞不绝口。县长都审过的稿子，当然得上头版头条了。我正想回办公室去喘口气儿，校对员小陈突然嘟嘟囔囔地找来了：也不仔细看看，错了多少。我说：县长都看过，啥错？小陈便手指着一处说："这儿，你自己瞧瞧。"我一看正是县长亲自改过的那块，慌得忙说：慢慢慢，你说错哪儿了？小陈说："'机不可失，时不再来'那是个成语哟，能随便改？"我便把县长亲自改的意思说了。小陈却固执地说："那我不管，我只按词典上的意思改……错了我可不管。"我一时也没了主意，便说："那你去找总编，我可没那个胆。"

总编正给王主任打电话。总编说："王主任，到时你可别忘了把兄弟我提携提携。"王主任在电话里哈哈哈笑着说："总编你不愧是搞新闻的，消息真灵通……那事儿八字还没见一撇呢。"总编一看我们来了，问："干什么？"总编耐着性子把我俩的啰唆听了，说："拿词典来。"小陈赶紧把翻开的词典送上去。总编一遍遍看着沉吟说："能不能不改？"小陈说："错别字怎能不改……读者打电话反映来，奖金扣谁的？"总编又沉吟着说："那就改改？"我说："刘县长亲自改的，若再改过来……"我一看总编为难得直皱眉头，便说："还是我再去找找县长。"

但县长整日忙着，办公室不提前安排，上哪儿去找？王主任一看我带着词典来了，说："刘县长亲自把过关的稿子，你们也太有点不尊重领导了。我便把原委讲了。"王主任一遍遍翻看着词典也有点为难了。毕竟，那个字是县长当着那么多人的面改的，谁吃了豹子胆，擅自更改？连麻雀也有指甲盖大点脸呢，你让县长的脸搁哪儿？他自己就更不能去说了。那话，县长爱听？他一个堂堂的办公室主任会那么没眼色？更何况，县里正考虑着让他进步进步的事呢。正为难着，总编的电话来了："小秋，报纸就要开印了，你在干什么？"王主任无奈，便用商量和讨饶的口吻说：要不你去找找梁副县长，他是管文化宣传的。

梁副县长还没听完我的话便十分客气地说："这事你还是去找王主任比较好。"我还想说什么，梁副县长却说："那就这样。"走了。我赶紧又去找王主任，他却早已下乡去了。我急得一头汗珠，终于把电话打通了。也许是信号不好，也许他正忙着什么，我只隐约听见他说了句"你们看着办吧"，就把电话挂了。

总编的电话又来了："小秋，你在干什么？"是个小孩都生出来了……就等着你，开印时间早过了。

我一时慌得乱了方寸，脑子一热，便说："改。"正说着，早有两颗泪珠涌出眼眶。

第二天，我因一个报道又去了县政府。刘县长一看见我，大约又想起昨天的事，只顺手拿起报纸，而且一眼就看到我写的那篇文章，只掸得嚓嚓嚓直响说：“写得好写得好……”

王主任却笑说：“好文章都是改出来的，要不是你的指导……”县长说：“哪里哪里。”我一时紧张得脊梁骨冒出汗来。正想说点什么，却只见县长早撇了报纸，清清嗓门说：“咱们现在开会……”

过半天我才反应过来：看来刘县长压根儿就没看清报纸上到底写了什么……

什么在叫

单位再小，总得有个财务科吧。局里哪个部门再牛气，有财务科和局长的关系近乎吗？和局长的关系不铁，张方先能到财务科当科长吗？当然，财务科另外两个人——会计陈大姐和出纳刘大嫂和孙大鹏局长的关系也是不错的。正因为如此，孙局长闲暇无事总爱来财务科串个门儿。一个人在办公室呆腻了，出来找几个贴心的部下吹吹牛儿的确是个不错的选择——不过，我们把孙局长这种吹牛归结为指导工作也许更为合适。

谁都知道，在机关一杯清茶一支烟坐办公室是多么轻松惬意的事儿，但还有一些地方，就更过分了，比方说孙局长现在所待的这个X局，人们干脆就把它称为养老的地方。你别看这个局平时不显山不露水的，只要市里一举行棋牌赛，他们就放卫星了。不过，自打孙局长到任之后，情况就大不相同了。首先，局里买了打卡机，上下班要按指纹了；其次，发现上班打牌下棋或串门，罚款300元；还有，就是大门口定期更换标语口号等，这么一来，X局倒真有点像上下一心、团结奋进、努力拼搏、再创辉煌的气象了。

不过，还是有闲下来的时候。这时，大家便端着茶杯，望着钟表，只奇怪怎么还不到下班的时候，是不是表坏了，一天，陈大姐突然说：咱打会儿牌吧。刘大嫂笑着说：“手痒痒得不行了？”张方先科长说：“让孙局长看见多不好，算了。”但过了没几天，潜藏在大家内心深处的那些特权思想却还是像冬眠中的小毛毛虫似地慢慢苏醒了：凭我们和局长的关系，怕怎的。但张方先科长还是有点不踏实，说：“尽量别让人看见了。等孙局长外出开会办事的时候……”大家说：“瞧你那胆儿，乌纱帽就那么宝贝，别丢人了你。”

三缺一，这一直是一个老问题。一则因为“银库”重地，人都回避；二则还是有些私人隐私问题，比方说奖金啊报销啊，虽不是什么机密，但不该自己知道的，还是装傻子的好。正因为如此，财务科才一直是门前冷落车马稀。而这也正是各届领导们所希望的。但活人也不能让尿憋死。前一阵子，他们一直拉的王曼丽救的场。现在，一见张方先的态度有点活络，陈大姐便趁热打铁说：“还是找王曼丽去?”

说起王曼丽，现在在局里大小也算个知名人物。她的知名，一是漂亮，二是嗓子甜歌唱得好。但来 X 局多少年，曼丽却一直默默无闻地窝在职工小食堂当管灶的。孙局长一来，才发现了她这个人才。但各部门的好位子早一个萝卜一个坑填满了。实在无法，才把她安排到打字室当主任去了。管的人虽只有一个，级别上毕竟也算是个中层了。好在曼丽人挺乖觉，在给陈大姐他们救过几次场后，互相之间就像瞌睡遇见枕头了；玩的时间一长，竟有点离不开了。一次刘大嫂玩笑说：“曼丽呀，你干脆调到财务科来算了……”。

就是比过去多费了一点事儿：打着牌的时候得时刻听着外头有没有孙局长的车回来的声息。一天，大家正玩着，曼丽突然支起耳朵说：快点，局长的车响……大家便不管三七二十一，收起牌来，有的往裤兜装，有的往包里塞。曼丽正若无其事地往外逃着，陈大姐突然说：不好，局长往咱屋里来了。曼丽正怔着，张方先说：快，躲小黑屋去。原来在这屋里还专门隔出了一个存放账表单据的地方。曼丽便钻进去了。

这边大家刚把战场打扫停当，那边孙局长便进门来了。一边走一边嚷说：“给我倒杯水喝。”大家便都忙活起来。局长一喝，差点呛着，大家便都看出他有点喝高喝大了的意思。茶很酽的，看局长坐在那里，一点走的意思也没，大家的心便都焦急起来——毕竟小黑屋坐没坐处站没站处，空气不畅，不能久待的。但出于尊重领导的考虑，大家还是装作情绪高涨的样子，说着笑着，问着“什么时候涨工资”“什么时候去旅游”等问题，局长只笑，说：“你们哪知道我的难处。”这些话一说起来，时间就仿佛过得格外的快了。这时，不知从哪个角落，突然飘来一阵奇怪的声息，仿佛是一声人的喘息。大家便都下意识地支起了耳朵。听了一会儿，却只有一片死寂。这时，局长却冷不丁说："什么叫了一声?"张方先便装着看了一眼窗外说：喜鹊?孙局长却突然想起什么说："王曼丽没来过?"张方先只奇怪说："王曼丽?没见。"局长便若有所思的样子，想走。走到门口，也不知是不是酒还没醒，唔哝说："见了王曼丽，说我找她，来一趟……"

曼丽一走出小黑屋直喘气，说："闷死了闷死了。"大家说："好悬。"说着曼丽早慌慌张张走了。

报 复

熬得头秃眼花，眼看就要到手的办公室副主任一夜间成了别人的囊中之物，你说窝囊不窝囊。

要是搅黄了这个好梦的人是别人倒也罢了，刘萍萍——你一个走出去校门才几天的小屁妞，到一个半拉子老头的碗里抢饭吃，凭什么呀你？你写过几篇讲话稿伺候过几任领导又坐坏过几把藤椅？老朱他十几年辛辛苦苦耕耘劳作灌园浇水，你小手一伸只知道摘桃子，你让老朱他怎么咽得下这口恶气呀你！

按说老朱也不是个官迷。不是，副主任不副主任那是你们不止一任局长向他许下的愿啊。要不老朱会这么不要命地替你们卖命吗？换成傻子也不会这么干的。现在，全局上下的人都知道他要飞黄腾达了，有好朋友甚至背地里已经把他主任长主任短的叫了，现在，你让他的老脸往哪儿搁呀？

别说老朱自己，连朋友们都为他鸣不平了。告他去！有哥们儿说，有事没事就往局长办公室跑，那妞一看就不是个好鸟。有人说，光在办公室黏糊倒好了，人家进歌厅出饭店都成双配对了。说到这儿，大家的气都来了，说，太不像话了！听大家这么说，老朱便说：我这回要让人再这么当猴要当驴骑，就不是个站着尿尿的。

十几年的委屈，便在老朱的笔下火山般爆发了。而当他一手把那封也不知在脑海里酝酿了多少年多少遍的义正词严的匿名信塞进矗立在马路边的绿森森的大邮筒的时候，他一下子痛快得就像洗了个桑拿澡。

一天天期待着，想象中的那个场面却总不见到来。难道说匿名信的命运注定就是泥牛人海了？

但老朱的气却不会那么容易就消了。匿名信不行，就实名举报，他们局纪检委的门朝那边开他又不是不知道。但好几次，走到门口，他却又走开了。那天，他正在门外踟蹰着，却被纪检委的老邱看见了。老邱说：老朱，站门口干什么，有话进来说。老朱当然知道老邱和王局长的关系相当不错。老朱就说：“没什么。”说着，老邱的电话响了。电话好像是王局长打来的，说的不是去哪儿钓鱼就是喝酒什么的。放下电话，老邱又搭讪说：“这次提干，你听到什么反响吗？”老朱说：“没。”老邱说：“我倒是听到点反馈，评价相当高。”

机会终于来了。县里要进行一次历史上规模最大的卫生宣传活动，规定每个局最少要出30块宣传板或黑板报，他们局除了老朱，谁堪当此任？王局长便亲自点将说：“老朱，这事由你来挂帅挑头怎么样哟。”要在平时，老朱早乐哈哈地说：“行行行。”但现在，老朱却不吭气。不仅不吭气，还在心里嘀咕说，刘萍萍不是能干吗？叫她干呀！我干吗要为一个王八蛋卖命啊。不干不干坚决不干……想着，王局长却早转身作别的指示去了。他真想朝王局长的背影咆哮一句不干，再吐一口唾沫。但一想局里也许马上就要减人裁员，才作罢了。

干着活，老朱的肚皮却还鼓着。有时写着画着，气一上来，真恨不得把笔扔了。这么一折腾，就把人的头画歪了，画歪了还不解气，还要把人的嘴也画歪了。画歪了也不改，只在心里说，你心不正，说歪话，叫你长个歪歪嘴活该！这么说着，就只觉心里一阵畅快。这么放肆了还不罢休，还恶作剧地把人的眼也画偏……更露骨的是在画一个随地吐痰的人时，他还在那人的眼角画了一个有点像刘萍萍的姑娘……

活动结束了，为他们局赢得了巨大荣誉的那些画板却还在走廊里放着。每天上下班，老朱总要在画板前站站看看，心里就一阵舒坦。一天晚上，他突然梦见王局长真看懂那些画的含义了。王局长一下羞得抬不起头来，尴尬得真比人当众扒光了衣服挨了几个耳光还厉害。他却理都不理王局长的求饶说：我就要画歪，就要画歪……说着，哈哈哈笑了。老婆一下惊得坐起来，摸着他的头说：老朱老朱，你怎么了？醒醒……

不知不觉半年就过去了。一眨眼间连沧海都能变桑田，六个月的光阴难道还不能把一个人心头的那点子不愉快抹平？说到老朱，见了王局长点头微笑问好时早已没有什么不自然的感觉了。甚至有一天，他还主动拐到局长办公室去了。王局长当时正趴在桌上看一个什么东西，老朱见了，便心疼地说："王局长，你可要多多注意自个儿的身体啊。"局长听了，只苦笑着摇摇头说："嗳，现在的事，你就是把心掏出来，累死，也众口难调啊。"老朱便连连点头说："是啊是啊是啊。"王局长说着只把手里正看的什么递给老朱说："有意见咱欢迎，你当面提啊，为什么……"老朱一看，是封信，上面还附着从省里市里一直到县里的各种批示批文。老朱一细看，头上突冒出一层汗，只把那封信嚓嚓嚓抖得像几张铁皮似的说："是啊，这是谁？有啥话你不好好说，写匿名信……缺德不缺德你！"

永远饥渴

办公室里空荡荡的，一如他的心在品尝着寂寞和孤独的滋味。早过了下班时间了。他在等人？不，他只是想一个人放松放松清净清净。成天处于喧闹的中心，他实在太累了。但时不时，他的心头还是飘过那个模糊的疑问：黄老板会不会来？那天，黄老板硬要拉他去天上人间坐坐，他推说不用不用，没去。但紧接他却又加了一句"有事去我办公室谈"。他真有点奇怪：他当时为什么不一口回绝他的请求呢？现在，在他的心头是不是游荡着一些渺茫的希望……不，不，他——黄老板和我又有什么关系呢？

寂静中，他想起了一些遥远的往事。窗外，什么在响？扑答扑答……又是打桩机在什么地方喘息？不，不是那堆钢铁的喘息，是母亲在灶火间拉动风箱时的响动，他不明明已经看见母亲被火光照得通红的脸膛了？

他奇怪，多少孩提时代的往事都流萤般从记忆里逝去了，独那缕奇怪的感觉为什么会时不时泛上心头？

姨来了。姨那时刚结婚。姨梳着两根黑油油的大辫子真好看啊。姨当然是天黑后才来的，因为姨白天要到公社食堂去做饭，走不开。他那时还穿着开裆裤吊着鼻涕，像只散养的土鸡似的自由地在河边或地头游荡着。娘看见姨来了，只责怪说："你怎么才来哟？"娘的意思其实是在说：村里的食堂已开过饭了。姨赶紧说："姐，你别忙活，我是吃了饭才来的。"娘说："看你说的，你走了那么长一段路了。"

平常，他总是独来独往的。但不知为什么，从那一刻起，他像个尾巴似的长在了娘的屁股后面。娘硬是把姨拖进厨房。厨房其实早已成了个摆设。娘揭缸开箱的，也不知从哪个角落，十分神秘地扯出烟袋大小一个米袋来。

就在那一刻，娘看见了他。娘便把眼一瞪说："一边玩去，把大人跟那么紧干啥？"姨便叹口气说："你看我走得急，也没有给娃娃带点啥吃的。"娘说："他多大的人了，还给带什么吃的。"

他于是落寞地走开了。街上一团漆黑。他只愣愣地在那里站着。有人从眼前走过，他也不觉，因为他的身心早被一种美妙的声音灌满了。扑答扑答。怎么地球上只剩下了娘在厨房里扑答扑答烧火拉风箱的声音。他禁不住咽下一股口水。也不知从哪里飘来米汤的醇香。不知不觉，他移动着脚步。远远地，他看见娘和姨并肩坐在灶火间的身影：娘拉风箱姨添柴火，浑身上下却都被火光涂抹得一片橘红了……不觉间，他竟移动到了厨房门口；他只怕娘和姨一时疏忽忘记他的存在了。突然间娘却狠狠地紧拉了几下风箱。他一惊，就像条狗似的跑掉了。

还是没去的地方，便来到紧挨着厨房的那个小房间。看来他是得自个儿找东西玩了。一只碗，就是他经常拿着去食堂打饭的那只碗落入眼帘。碗是空的，当然。要让娘看见，又该挨骂了。娘总是说他："不知道放下碗，就说你咋就没个饱的时候。"想着，他脱下头上的棉帽子，把碗藏了进去，又系上棉帽的带子，把藏着碗的帽子像只篮子似的提着。这样还不放心，正好墙上有个木橛子，他便踮起脚尖，想把它挂上去。也不知是木橛子太高还是钉得太松，那帽子咚一声掉在地上。碗当然碎了。

娘一惊，赶了过来，和娘一起赶过来的当然还有她的巴掌。姨说，娃饿了。姨便把她手里的米汤碗放在了我的嘴边。我喝了，很香，但我只觉得米汤太少。也许我喝了一口，也许一碗，我没一点概念了……

电话突然响了。是黄老板，他想。赶紧接着，却是一个娇滴滴的声音，原来是小靓靓打来的。她说："你有几天没来了？忙什么你？"他笑了，脑海里立马出现了一张红艳艳的嘴唇，当然，她的小蛮腰也很迷人的。便说："正想着你哟。"她说："又骗人啦。"他说："等着，我马上过来。"说着，人却早被一股熟悉的香水味搞得心烦意乱了。

电话却又响了。是老婆打来的。他说："别等了，我走不开，公司还有个会要开，你们先吃吧……"

心急火燎地开着车，电话又响了。这回真是黄老板打来的。他却有些摆起谱来，说：“现在没时间。后天，对，后天你来找我一趟。”说着，心里却在想：胃口还不小，光想着吃香饽饽？他太了解这些人的心理了，你不把他们的胃口吊得足足的，他们会轻易让你得手？……哎，但在欲望面前，人永远是个长不大的孩子。

想着，车却通一声撞在什么地方。他的脑子里突然嚓地一响，只看见有个碗掉在地上，碎了……

小心，有狼出没

在机关待久的人，谁没有去乡下散心透气的奢望？不过，大多的人，脚懒，惰性又太强，顶多也就到郊外的水库或农家乐吃顿野菜饺子或烤鱼，就算了了愿。像张大伟这样年年不落地去山区小住的人，一般人是受不了也做不到的。大伟现在是某局主任，也可能是工作压力太大，需要解脱放松和释放。所以，他一到深山老林，便独自一人，关掉手机，穿件宽衫，放浪形骸或天真烂漫起来……

今天他去的地方是狼琊山。车进了山还开了三四个小时他才让车停下。临走，又对来送他的一帮人叮咛说："五天后还到这儿来接我……我只留一个机开着，记着，没有死人的事不要来电话骚扰我。"

就寻了一家干净点的家庭旅馆住下了。躺在床上，一股农家特有的淡淡的柴火味就隐隐来了。他一下松懈轻松得不成样子，不觉间就在床上打起滚来……当然，在这片无边无际的宁静中融化的还有他的灵魂，怎么浑身就像洗了桑拿似的通泰……真想一觉睡去，又经不起门外的阳光和牛哞羊咩的诱惑，就出门了。

去哪儿？随便。关键是，时间还早。听人说这儿植被恢复得不错，没想到天这么蓝草这么绿。以后在这里搭间房，神仙，多好。一路走着，不觉间村庄已在身后不见了。而此时，正有一条峡谷在面前横着。鸟儿在哪儿叫看不见，却只见那一线白湍湍的河水在谷底欢快地跳跃着。他几乎想也没想，就下谷底去了。

谷底看着不远，走起来却有点深不可测的感觉。好不容易到了河边，他累得浑身都冒汗了。

河水很清。他就在河边玩玩玩……突然有点奇怪，说："怎么都快六点了?”虽然有点恋恋不舍，但也知道该是回旅馆的时候了。

周围好静啊！慢慢走着，不知从哪儿传来一些奇怪的嚎声。不觉间他又加快了脚步。抬头看看，现在顶多才爬到峡谷的中腰。隐约间，前面似乎有个人影晃动着。这对他似乎是个好消息。又拐了几个弯，那人的身影才逐渐清晰了起来，是个汉子。奇怪的是他怎么只在那儿坐着，并没赶路的意思。他的脚步无意间又慢下来。一些奇奇怪怪的念头早像这一片暮色似的在心里弥漫开来……

这人什么意思?在这种地方这样的时候……其实在第一眼看见之时，他就已经警惕了。只不过还没有现在这么肯定罢了。他于是也坐在路边。路边有根很不错的木棍，他捡了起来。心里盘算的，却是身上的财物。一块表，王老板送的，大概六七千元；手机，不知道价格；身上的现金，大约三四千元……他要，都拿去。想着，却又奇怪起来：那汉子忽又不见了！莫非是人家歇脚，虚惊一场。

但他却实在高兴不起来，这一耽搁，天已擦黑。没办法，只有加快速度了。真真是天无绝人之路啊！正在这时，从前面某个树丛里透出的一豆灯光，又点燃了他满心的希望。

不错，是座护林小屋。可他还没叩门进去，里面却早传出一声问讯：“等你半天了，你咋才来?”他只觉头皮一紧，说：“你怎么知道我会来?”汉子已脱衣躺在床上。汉子脸朝墙躺着看都不看他，说：“就这一条路……再没别处去。”他说：“你为什么要等我?”汉子说：“山里有狼，天黑前你赶不到村里去，怕你迷路……”说着又打个哈欠，翻身睡去，迷糊中，又嘀咕说：“锅里有水，喝去……”

他倒是渴极了。但趴在锅边一看，只觉那有点混浊的东西里有太多放过麻药的疑点，只好忍渴睡了。

他还是多了个心眼：把门大开着。这样万一……跑起来就方便多了。至于那根短棒，他当然悄悄枕在头下了。但还是睡不着。脑子里出现的尽是母夜叉孙二娘在十字坡磨菜刀的镜头……

外面有什么野兽在阴森森地嚎叫着。他却装着熟睡了，甚至还打起呼噜。其实，他心上的眼睛一直大大地睁着，汉子每一次轻微的蹬腿翻身他都知道。

汉子悄悄起身了，还看他睡着了没有。怕吵醒他的意思，慢慢朝门口走去了。他究竟想干什么？

天啦！他竟把门关上了。似乎还嫌不牢，又用一根粗杠顶上了。在那一霎，他刷地惊出一身冷汗来。他太知道时机的重要性了。现在一个疏忽，等汉子一回过身，在这斗室之中，他哪里是他的对手？想着，一股热血直冲脑顶，只跳下床去，抡起木棍，猛击在了他的脑后……

汉子倒下去了。顺门向下滑着，还不解地回望了他一眼，说：“我是怕狼跑进来伤着你呀……”

他一下怔在那里。如果是这样，那他一辈子的前途全完了！突然，就拨通报警电话，说：“抢劫。”

打完电话，他却又抱起那汉子说：“救护车快来了，你可要挺住……”

第八辑

乡村往事

二贵的幸福婚姻 / 床
黑蛋的灯笼 / 暗恋张二花
诱惑 / 打麦场上
欲望陷阱 / 生命中的那道风景
雨天

二贵的幸福婚姻

世界上的幸福家庭的确很多，但在秋家村，有不羡慕秋二贵的完美婚姻的人吗？这你只要一看张贴悬挂在他家大门口的大大小小新新旧旧的类似“五好家庭”“模范夫妻”的奖牌就一清二楚。这也就难怪村里人常感叹说：“看人家两口儿，一辈子和和气气的，连个脸都很少红过，哪像有些人，动不动就……”

当然，毕竟时代不一样了，若谁还想让老婆举案齐眉，你先看妇联主任愿意不愿意，不说你虐待妇女才怪。但说到相敬如宾，二贵和媳妇桃花就名副其实了。比方在田里锄地，二贵在前，桃花在后，一个中午都保持那个不变的距离，直到收工吃饭；又比方拉车送肥，总是二贵驾辕，桃花在后推着，就这样拉到天黑。当然，最让村里人羡慕的还是二贵在家里的自由。干完活，二贵要打麻将出去玩，桃花从不干预，玩到什么时候算什么时候。哪像他们，回去晚点，就不让进门不让吃饭还不让上炕，真是丢死人。

说不清从什么时候开始，二贵的名字便以榜样的面目越来越频繁地出现在村里人的言谈话语中。特别是在责骂教育自己子女的时候，你细听，张嘴闭嘴似乎都有秋二贵的长短：你二贵叔的媳妇是他爹用三斗半高粱换回来的，怎么不好了？不照样生了两男三女？说起现在的孩子，也真让人摇头啊！怪只怪那些男男女女搂搂抱抱的电视剧把娃娃们教坏了，动不动就恋一个爱两个，把大人们的话全当耳旁风。现在，也许有人认为用三斗半高粱换一个大闺女是件极划算的事，但在当时，你知道有多少人骂二贵他爹的脑子进水了吗？但二贵他爹就是一根筋，硬是拖着一家人从鬼门关熬过来，把桃花娶进门了。

但既是两口子过日子，又怎么少得了锅碗碰瓢盆之类的事呢。那时，二贵已到县砖瓦厂当临时工去了。说起这个临时工，就要念念村里人的好了。本来，他们的日子就过得紧巴，紧接着桃花又生了几个娃娃，那日子艰难得就更没法熬了。正好砖瓦厂招人来了，村里人便说：咱都别争了，就把这名额让给二贵吧。二贵就去了。一次回家，二贵不知怎么就从炕席下抖出一封信来。信是一个小伙儿写的。巧的是那小子二贵还认得——就是桃花家的老邻居。二贵便装起糊涂，问："谁写的?"桃花只纳着鞋底说："你没长眼。"二贵正想发作，却早听见他爹在猪圈里敲着猪食盆大骂开了："你不好好一边卧着上膘去，在这里哼哼什么!"桃花这才猛然想起，还没喂猪，赶紧围上围裙出去了。回来，还委屈着，只呜呜地哭。二贵便叹口气，出门散心去了。

就慢慢熬吧。三十年的媳妇就熬成婆了。二贵就退休回家了。家里的新房也盖了。孩子的婚事也办了。两个老人的后事也都安顿了。奇怪的是，那封已经发黄的信，桃花却舍不得扔，仍小心翼翼地在箱底放着。

家里房子多，二贵睡觉爱打呼噜，两个人就分开睡了。村里人便打趣说："还学洋人的样样哩。"

家里还是养着猪，只不过这是为了消遣散心事，不干活手痒痒哩。桃花刷锅洗碗的时候，二贵就提着空桶一边等着。也没一句话，提了刷锅水就走。把猪喂了，就去打麻将。二贵还爱上了喝酒。谁家有酒席他都去，多少次就喝醉了。醉了就毫无顾忌地又说又笑……把满村人逗得直乐，说："这个二贵呀……"

事情就发生在村里一家人的婚宴上。二贵喝酒，从来都是用大杯，但是那天，人都说二贵还真没喝多少，就一头栽到酒桌上不省人事了。一院子人顿时慌了手脚，掐人中灌茶水均不见效，便打120送往县医院去了。

两天过去了，二贵还一直昏迷着。村里人便对桃花说："八成事情不好，该预备后事了……"

算是最后的送别吧。那些天亲戚儿孙们都寸步不离地在身边陪着。直到第三天下午，二贵才有点动静了。人们刷地围上去急切地呼唤着："爸（叔、爷）……醒醒……"但就在二贵告别阴界重返人间的一霎，他却突然拼尽全力，说起话来："爹呀，你当年为什么要用三斗半高粱给儿子换下那么一个冤孽？你可害了儿一辈子……儿活得苦啊……”直等喊完，他才又像完成了一桩什么重大心愿似的安安稳稳地沉睡了。

二贵其实真是酒喝得太多了。酒一醒，自然就好了。二贵一好，自然又开始喂猪打麻将去了。但二贵在重返人间时喊的那些话，却早成为村人们磨牙扯淡时的笑谈，在村里传开了……有人说：“他那是身在福中不知福。”也有人说：“他那是把肚子吃饱了撑的，没事儿找事哩……”

床

你还记得你年少时睡过的那张小床吗？你现在的一切都是从那张床上开始的。

那时，你刚从初中毕业，在农村劳动。未来在哪儿，你不知道。口粮年年不够。你除了每天扛起锄头或镢头下地干活外，别的什么也轮不到你想。盛夏的中午，天气炎热，开工总是拖延到日头偏西的时候。无所事事的你这时便躺在那张空床上，半睡半醒地等待着上工铃当当当地敲响。蝉在树上没命地叫。你只一身臭汗在那张床上翻来覆去地打着滚。要说你那时睡的东西也叫一张床，实在是对床的概念的一种颠覆。它究竟算是一种什么床呢？你至今不明白。没有床腿。它的一端，用一摞半截砖头支垫着，另一端——靠门的一头，则由一条被虫蛀坏了腿的长凳支着。说到床板，更是寒酸。一块一块，全是父亲从邻居家借来的。正因为那些个木板不是来自一个人家，所以长的长，短的短，宽的宽，窄的窄。更要命的还是薄厚不均。但你那时的肌肉似乎也像你感觉不到悲惨的灵魂一样坚韧而富有弹性，反正你躺在那床上从来就没有感觉到过什么是凹凸不平……恰恰相反，你一躺在那床上就扯鼾声而且夜夜还做好梦。那床上并没有铺过一条褥子或者哪怕是一条破毡，而只铺了半片芦席——那席片是你小心翼翼从一张铺烂的大席片上剪下来的，所以可以想见：它最多也只能铺满你半个床面。席片的颜色红艳艳的，再被你的臭汗一渍淹，一天天就成酱紫色了。躺在那样一张床上，你的手却从来没有闲着。每次刚一睡醒，你的手总像是一条丝瓜的触须，在你的头顶或身下什么地方摸索着探寻着，直到你抓起一本破烂不堪的旧书为止。那些书原是一套破旧的老高中课本。你们村原来就出过好几个高中学生，“文革”一开始，就都回村劳动来了。那些课本既是再没有啥用场，也就像条游狗，从这家的炕头又到那家的窗台，满世界游荡着。也不知道是被人撕下包了碱面还是包了糖果，反正它们就像是一个任人层层剥皮的洋葱头似的一天天消瘦着……但它们跑到你的床上后却不再游荡了。不错，用它来卷烟卷抽的确是当时人们最流行最时髦的一种做法，但你却没有那么做。睡不着觉的时候，你就一遍遍打开它，看着，即便是在翻身打滚的时候，你也没放下它。不知不觉间，你们就像成了知心朋友。如果多少看出了点门道，你总乐得屁颠颠像白捡了一个白大馒头；如果看得稀里糊涂丈二和尚摸不着头脑，它却往往变得比安眠药的催眠效果还要好——多少次，你是不是就这样拿着书睡着了？日子就这样一天天过下去。到后来，你竟然把那些书的内容全搞懂了。你当然有些暗暗得意了：你把村里那几个高中生都搞不懂的问题都搞明白了，能不得意吗。

后来的高考，你自然得了高分。许多人只是说你运气好，可倘若当时没有那张床，你的生活之路又会是什么样子呢？贫穷——有时可能还是一个人成长的最好的苗床呢！

黑蛋的灯笼

进了腊月，年的气息就一天比一天浓啦。娃娃们不省人事，哪知道这一天天逼近的年的门槛把大人都愁成啥样了，只天天扳着指头，恨不得一个跟头翻到大年初一早晨，端起大海碗，放开肚皮，把那狗日的哨子面狠狠地吃上一顿，再让中午那一碟火镰片肉美美地噎上一回……娃娃们想着，就禁不住流下涎水了。德元说："我初一早上吃八碗，信不?"狗剩说："我吃十碗。"锁柱说："我用钵头吃。"连站在人后面瘦得无精打采的黑蛋也忍不住小声说："我用盆吃。"大家都笑了，说他："你又不是猪，用盆吃?"锁柱又说："我初一早上还要穿新袄袄。"狗剩说："我穿新裤儿。"德元说："我有新虎头棉鞋，老虎眼睛里缝了镜子，还能照人。"黑蛋这回只瘪了瘪嘴，把眼低下了。黑蛋的鞋早烂了。黑蛋一看见那两个不听话的大拇脚趾头不知什么时候又露在了外面，就悄悄往回缩了缩。

家里娃娃多，爹娘一天到晚家不沾家舍不恋舍不知忙什么，就任黑蛋一天到晚像个野孩子似的满世界玩去了。一到肚子饿得咕咕叫的时候，黑蛋自然就像条狗似的寻到自家灶火锅边去了。但是那天，天黑得鸡都进埘上架了，爹娘却还没回来。一时又饿又冷的黑蛋突然就没憋得住那一股往外直冲的泪水，一屁股坐在紧锁着的厨房门外面唔唔唔地哭起来了。

爹娘是到工地上加班会战去了。爹娘回到家的时候累得连眼皮都抬不起了。但爹娘却还是一下子被儿子的哭声惊得快跑起来了。

赶紧烧火做饭吧。做着饭，女人仍一肚子一脸的心思，说："这娃娃今日到底怎么了，哭得这么伤心?"男人永魁说："饿了呗。"热汤热水地喝了点，儿子的唏嘘声果然就少了。女人却还不放心，只不住地用她那粗糙的掌心在儿子的头上摩挲着摩挲着。儿子突然就打出一个委屈的唏嘘说："我过年也要穿新袄袄!”

这句话把人都说蒙了。过了半天，永魁才反应过来说：“不穿新袄袄，年照样过，看谁有本事还能把咱挡在年外边?”女人却说：“话不是那么说，过年到啥时候还不是娃娃们的世事呀。”永魁心里啥不知道，永魁就把眼睛偏到一边去了。

年不知怎么过得那么快呀，娃娃们还没有把哨子面的味道记牢，把火镰片肉的样子看够，就到正月初五了。现在大家最关心的又是怎么过正月十五元宵节了。元宵节最好玩的当然是挑灯笼。灯笼一般是外婆家送来的，但也不是家家都送得起呀。永魁那几天好不容易手闲了，便对儿子说：“爹给你糊个灯笼吧!”

永魁犁田耙地手不笨，永魁的手一糊灯笼却笨得像一双老鸹爪子。捣鼓了一下午，折腾出了个啥，把永魁自己都惹笑了。但不管它说圆不圆说方不方的样子像个啥，名字毕竟叫灯笼呀!

元宵节不光娃娃们要玩灯笼，躺在坟茔里的老先人们也想热闹。所以那天晚上你到野外看去，各家的祖坟上都点着灯笼。人们管那灯叫鬼灯。鬼灯当然都是一些最便宜最粗糙的小玩意儿，白给人也没人要了。

满街满巷的灯笼像河一样早把路面淹没了。谁出来得最早呀?当然是德元了。人家的灯笼高级呀。鸡还没上架，那狗日的就挑着灯笼到处炫耀开了。锁柱和狗剩是一块儿出来的。黑蛋直等天黑透了，才悄悄出了自家头门。

大家满村子游来荡去玩着。德元挑的是白纱灯，一个一元钱呢，所以我们谁也不敢和他玩斗灯。狗剩挑的是莲花灯，他问锁柱：“你挑的是啥灯?”锁柱说：“白菜灯，你看不出上面的绿叶?”又问黑蛋，黑蛋说：“我也不知道。”德元说：“这都看不出，明明是鬼灯。”大家都笑了。黑蛋说：“你挑的才是鬼灯哩。”德元说：“你说你挑的不是鬼灯，那你说是什么?”德元正说着，周围人突然都“火火”惊叫起来。叫着，大家便一齐用嘴吹，但一切已为时过晚，眨眼间，德元手里的灯笼早烧得只剩下一个光架子。那狗日的一晚上和人斗灯，出尽了风头，蜡烛啥时歪了都不知道。大家一看闯下祸了，谁还有玩的心思，早窜得没影了。

黑蛋一回家就上炕了。黑蛋乏了，头刚一挨枕头瞌睡就来了。但黑蛋的好梦刚刚开了一个头，就被德元他娘那一串从天而降的脚步声踢散踩碎了。

德元他娘一路吆喝着进门了。德元他娘说：“黑蛋，你怎么把德元的灯笼弄着了？”黑蛋说：“我没有呀。”德元他娘说：“怎么没有，锁柱狗剩都在旁边看见了。”黑蛋说：“不是我，我没有。”最后还是永魁说了几句好话，德元他娘才勉强露出了点好容颜走了。

慢慢地，黑蛋的眼角噙着几点干枯的泪珠睡着了。睡着不久，却又一个激灵猛醒过来了。女人忙问：“蛋蛋，蛋蛋怎么了？”黑蛋仍一脸惊恐地说：“娘，我刚才梦见坟地里的鬼灯了，鬼灯怎么还会像人一样一闪一闪眨眼睛，吓死人了……”

暗恋张二花

乡村的夜真静呀。

当然是隆冬的夜了。地上结着冰，房檐口挂着栅栏一样的凌条，人世间所有一切夜的声息仿佛都融入那深不可测的寒冷听不见了。小院就死寂着。煤油灯早熄了。鸡和猪缩在窝里不知做了几十个好梦了。

哪里来的声响？像蛐蛐的低吟或什么叫不出名的小虫子含混不清地唔哝……

这是什么季节，哪里来的蛐蛐或小虫子！这是我和拴仓正缩在他的被窝里说悄悄话哩。我那时少说长得也有一锄把高的个子了吧。也不是说我那时候不愿意再和我的爹娘弟妹们挤在一个炕上睡觉怎么的，实在是那炕小得让我没法伸直腿了……好在爹娘对我也放心，基本上对我实行的是自由开放的牧羊政策，就任我像匹没套笼头的儿马似的在外面自找厩窝胡混去了。

拴仓对我自然也是极其欢迎的。我俩对脾气，这谁都知道。再说他也需要个人和他说话么。而一对下巴颏刚冒出绒毛的年轻人嘴里那些不着边际的话多得什么时候又能叙说完呢？

一点也不骗你，我不傻；但假若我在连续听拴仓絮叨了三个通宵后还没听出他暗恋着我高中时的那个同桌张二花的话，那我可真是得吃点猪头肉补补脑子了。

每天傍晚喝了汤，我便像个刚从磨道上卸下来的乏驴似的到拴仓家去了。拴仓那狗日的多让人羡慕眼热，虽说不大，总算有个自己的小窝，而且那炕经常还烧得热乎乎的。每次进那小窝的时候，我都以为我这一觉睡下去三年也不会起来，但真到我像一张煎饼似的摊在了炕上，瞌睡却又不知跑到哪里去了。我们有一句没一句地闲扯着。渐渐地，我们的话题总是像一堆篝火似的越烧越旺了。也不知怎么回事，我们扯着扯着不知怎么就扯到张二花身上去了。而只要一说到这儿，我们的话题便总像拴死在大木桩上的一头老黄牛似的再也跑不掉了。张二花的脸上搽没搽雪花膏？张二花笑的时候左脸上是不是有个酒窝？和你坐同桌的时候，张二花一共问过我多少回？这些问题我也不知道到底回答过拴仓几百回了。老实说张二花当时到底认准没认准哪个穿烂棉袄的小子是拴仓都难说，更别说问起他了。但出于对朋友的情谊，我还是十分慷慨地把这个数字一直从一增加到八。每回不等我回答完毕，拴仓总是迫不及待地打断我说："啊，真的吗，你还记得她当时是怎么说的吗？"我便说："她当时正拿个小镜子偷着照她的小脸蛋哩，一边就嘟囔说'我瞧见拴仓贴在咱班墙报上的批判稿了，写得真好呀。'"反正我当时说啥他都信的，所以胡诌句瞎话并不是难事。我说了，拴仓总是急于要向我证明什么似的向我透露一些秘密："知道吗，今日到镇上拉化肥的时候我又碰见她了，要不是旁边有人，她肯定……知道吗？"我说我知道。第一次他向我说这些事时还有点分寸，撑死也就是眉来眼去这点事儿；说了几晚上就慢慢有些不着边际了，到后来竟连打手势呀丢手绢呀这些放肆的举动都出来了。在他向我透露这些秘密的时候，我总看见他的两只眼睛像两个萤火虫似的在煤油灯昏暗的微光里闪烁。我不知他这时究竟是醒着还是在梦中，但我却分明看见他幸福的幻想正随着一遍遍的鸡鸣在无边无际的黑暗里漫溢飞翔。

我们总是忘记了时间，一谈就谈到鸡叫三遍……不，有好几次我们甚至一直谈到把煤油灯熬干。我们自然没什么感觉，但一天深夜，拴仓他爹——那个戴瓜皮小帽的老头终于忍无可忍地站在我们的窗外大骂起来。当然，他心疼的不光是那一小瓶煤油，还有我们每晚烧炕浪费掉的那半筐柴火。从那以后，我们就只好吹了灯睡着冷炕，在黑暗中说话了。

我肚里那点可怜的有关二花的信息资料很快就被拴仓吸干榨尽了。但拴仓似乎还没有放弃对我的企望。我知道他是想借我的口给二花传话，好让二花对他产生一个良好的印象。有好几次他吞吞吐吐地说二花曾问过他一些事，他倒是想给她写封回信，但……其实，我早看出他这是想让我为他送情书当邮差，但我的心里酸溜溜地却怎么也说不出口来。要说我对二花没一点点想法那是骗人的，毕竟我们坐过同桌。但我也是有自知之明的：我要是有个能容身的小窝，我要是能吃饱肚子，我要是有个远在省城的富表叔（因为拴仓这几天老向我有意无意地提起他这位了不起的表叔。几年后我才得知，他的情况实在比我好不到哪里），我也会给人写情书——甚至更加疯狂，为什么不？

那个冬天后，我就被派到工地上修水坝去了。拴仓则由于他爹给书记送了礼当了小队会计。想想人生也就是这样：分分合合，合合分分……等到我俩再一次一杯浊酒喜相逢的时候，几十年都过去了。

拴仓那时已不大不小混成个经理了。凡经理似乎都是那副德行：吹吹嘘嘘，爱摆个谱。喝着聊着，拴仓肚里的黄段子可真不少。我说，拴仓，你别尽瞎扯那些个没边没沿的事了，你咋不把和张二花的那一腿向大家说说。拴仓说：我和二花有什么事呀？我说你狗日的真把你害相思病那会忘了。他说："你说我相思过她？笑话。"我说："得，没相思过你给人写什么情书呀？"拴仓说："我说你今晚是怎么了，没有喝多呀，怎么尽说胡话……"。

拴仓说这话的时候我看人其实早都有重影了。后来没喝多少我就醉如烂泥被人像扛一袋粮食似的背走了。酒醒的时候，我就像刚从梦中醒来似的，一想我和拴仓刚说的话又觉得这一切不是幻觉。但拴仓和张二花当年的事呢，究竟是拴仓满嘴说的胡话还是我听错了呢？我就不知道了。

诱 惑

记不大清楚了，大概在我八九岁的时候，大山对我充满了诱惑，成天总是不切实际地梦想着什么时候能爬到山上去，好好玩上一回。那纵横交错在我家门前屋后的那些毫无趣味的呆板的平路真让人受够了，烦透了，我甚至连一天也不想再走了。而那些绵延在我家十多里开外的神秘的黛绿的山头又有哪一天不把我们的心勾引得发毛。

山平时大多在云里和雾里隐没着。但是在雨后清澈得近乎透明的空气里，它便纤毫毕露地在我们村后出现了。山上的路只像一条条耀眼的细白线儿似的勾着人的魂儿眼儿在山坡上蜿蜒曲折，一方方绿茵茵的草丛或一块块青黛色的石头却又像一个个不解之谜似的把人的心儿撩拨……我们那时的性子又都是那么野、人又都是那么不安分，你说我们一个个的心能不难受得像猴抓猫儿舔。

再说了，山上不仅有好玩的松鼠和叫得那么好听的蝈蝈，更有好吃的山杏核桃和栗子呀。这一切，我们这儿哪里有！大人们多有福，想去哪儿去哪儿，我们呢，却只有干瞪眼和眼热。

没去过，听人说说也过瘾。每一瞅见大人心情好，我们就凑上前去，或是给他们挠痒痒，或是给他们摇扇子，嘴里于是就问开：

“山上的路是啥样儿的?”

大人就笑说：“路就是路，走人的道儿，还能是啥样儿。”

我们却都不信。山上的路，有花有草还有能玩的陡坡，想着心里都舒坦得不行，怎么能和别处一样！我的好朋友黑蛋便问：“山上到底有松鼠没有?”“有。”“哪你咋不逮一个回来?”大人看来已经有点被我们没完没了的问话弄烦了，便有点口躁地说：“我不去干正经事了?”我们虽都缄了口，心里却一点儿也不服气：屁正经事，逮个松鼠玩玩多好！

慢慢地，我们也不想尿大人那一壶了。我们有腿，自个儿难道不会去？一天，当黑蛋趴在我耳边说出他这个蓄谋已久的打算时，我一点儿也没惊讶。只不过，他是想到山上去逮松鼠，而我，想的是杏——我只想好好地给嘴过一回杏瘾。

我们的计划第一次失败的原因完全是由于狗剩和红旗的告密。我们自以为行事十分诡秘，却不知啥时露了点口风。其结果，我们还没有逃到村外的十字路口，便被大人们揪住耳朵像提着两个小猪崽似的拎回来了。

我们第二次失败的原因事先就更预料不到了。我们还敢吹牛吗？就算你给我们一碗肉一筐篮糖豆豆我们都不会那么傻了。但，就在我们出村后不久，黑蛋他爹不知怎么就呼天喊地撵来了。说来也不全是碰巧，黑蛋那狗日的经常吃不饱，他进厨房，他娘总提防着——总怕他一下子把馍馍糟蹋完了。这次一往馍缸里瞅，当下就把老婆子吓得浑身酥瘫了！我的天，缸里的馍馍已被那贼娃子偷得一个不剩了……不用说，我们都挨了一顿饱打。大人们却还不知疲倦地又用“山里有豹有狼还有碗口粗的蛇”之类的话吓唬我们。可他们的话我们听得进去吗？他们又骗我们说：“急啥，等你们长得有一镢把高了……”但我们却是连一天也熬不下去了。

我想你是想象得出我们当时向往大山的迫切程度的。真是功夫不负有心人，心诚则灵，我们终于取得胜利进山的伟大胜利了。但胜利委实来之不易，在很大程度上归功于我们的三项改革：其一，我们接纳狗剩和红旗加入组织，这就从根本上消除了时刻盯梢着我们的告密者的威胁。其二，一天至少省下一个半馍，备足口粮。其三，到了出发时间，把馍袋从后墙上扔过去，空手走出各家大门，然后拿上馍袋去十字路口集合。

我们只知道拼命跑着，一直跑到看不见村子了，还不敢停下脚步，稍微喘一口气儿。

我们真是太高兴太高兴了。我们只知道向着大山的方向跑着跑着。渴了——也许不是真渴，而是想夸大一下旅途的艰辛借以放大一下自己的幸福的感觉——就去路边找水喝。那水面上都漂着牛粪的细屑，我们便轻轻吹过，我们只觉得那水喝起来好甘甜好清冽。

不知不觉，我们进山了。脚下的路，就是我们在村后看见过无数回的那些神秘的线儿，现在，我们却真的走在自己的梦境里了。哪面石坡是哪块深深的青黛色而哪片草丛又是那块毛茸茸的碧绿呢……表面看，我们的确嬉戏打闹了一路，可是不这样，我们又如何消化排遣得了我们无法言喻的巨大的幸福呢！

暮色慢慢降临了。也许是云彩的翅膀投下的阴影呢。路却越来越窄了。我们只好把队伍变成单行，一个跟着一个的屁股走。

松鼠，我们早就在悬崖和树枝间看见了。至于杏呢，也在路边树上摘了几个，可是不好吃，差点没把我们的牙酸倒。所有这些，显然和我们的想法不符。我们便只有不停地往前走了。

天完全黑了。眼前再看不到人影。我们完全陌生的什么禽兽却只在我们的耳边越叫越紧了。风不知何时起了。又不知从何时起，我们人人都想走在最前头；这样就形成了最后那个人不断向前跑的恶性循环。我们都想充个硬汉，却没一个人不知道那个传说：狼吃人总是专挑最后一个咬，因为狼不敢正看人的眼……

路长得似乎没尽头，夜深得似乎没底儿，我们的心却早被恐惧压碎压扁了。“咱回吧。”黑蛋突然哭着腔说了声。他这话却一下把人提醒了。我们像决了堤的洪水似的往回跑开了。

天上突然打起闪来。雨可不小。借着闪电的亮光，我们才在悬崖下找了个避雨地方。第二天，才敢下山。坡太滑了，谁还敢直腰，我们一路就像四只泥猴似的爬回去了。

意外的是，大人并没揍我们，只把我们好讽刺了一顿：哈，逮松鼠的英雄回来了！你们摘的杏呢？给我吃一点。

几年过去，我们又经历了不少世事了。偶尔我也想：那次经历，该不是一则寓言吧！

打麦场上

麦子快黄了。麦子在庄稼汉的眼里可不是一块地一块地变黄的，而是一小片一小片熟黄的。每年一过了农历四月半间，饥饿就像个影子似的跟在庄稼汉的屁股后面，他们哪一天不到最先透黄的田间去看个十几遍？在那一双双焦灼的目光炙烤下，小麦粒就一天天由软变硬由秕变饱由绿变黄由湿变干了。谁家要是实在接不上顿了，那就先到地里寻早熟的麦子割几镰，揉几把软软的青麦粒回来下锅吧。

像女人孕育了十个月的娃娃就要出世了，人们的心里能不高兴嘛。德胜老汉早就把镰刀磨好了。钗把扫帚也不知拾掇多少遍了。粮袋一条条补了又补，只担心屋里的粮囤麦包太小，装不下今年的收成哟。唉，自从收了大麦把打麦场光（平）好，德胜老汉哪一会儿手脚闲过，可再忙人也乐意呀，你听他立在自家门口吆鸡骂狗的声调，不明明是在宣泄他一肚子装不下的高兴嘛。

杜鹃鸟在树上一声声叫着，不知叫了多少天，都叫得吐血了，仍不住嘴地提醒人们"算（边）黄算（边）割"。其实人们早都听明白了它的意思。那几天，村里谁家的大门没上锁？连小脚老婆都坐着个小蒲团，拿着个小镰儿，在麦田里腾挪哩。大孩子抱着小孩子往田里送水，大人们忙得经常连猪狗都忘记喂了。

麦子说上场就上场了，而且被摞成一个个高耸入云的大垛子。这时老天爷刮风也罢下连阴雨也罢，庄稼汉都敢把腿伸得长长的把自己的陈瞌睡往完睡了。

打场碾麦的天气总是那么好，人们的脸色也总像天空似的灿烂着。人们见了面总想开个啥玩笑。大小伙小媳妇却总想躲到麦垛后面摔个跤，老婆老汉们看见也装没看着，只把脸埋到一边抿着嘴笑。场边，在那棵大皂角树的浓阴下，那一群光屁股孩童在玩什么，吵闹得就像捅了一扁担的老鸹窝。待会儿他们还要进场接牛粪哩，谁还敢再跑到苜蓿地逮蚂蚱或到涝池玩水去。

摊晒在场面上的麦穗儿早都干得咔吧响了。是性急的德胜老汉第一个把碌碡赶进场的吧，他套牛总是套和他一样性急的“粗犄角”。接下来才是张二拴、永魁他们……一共有七八套碌碡吧。鞭子拿在手里，只是个摆设，牛都认路，在麦场上一圈圈走得多么小心仔细呀。德胜是什么时候从他父亲手里接过鞭子的，粗粗算算，也有二三十年了吧。日子过得快的真是不敢想不敢算呀。

日头晒着，碌碡一圈圈在场上碾着转着。人没话，牛更没话，要不是偶尔有谁大喝一声“牛拉屎了”，人们真像是行走在一个极不真实的梦幻里。每一听见大人的吆喝，总有一个小孩扛着笊篱从场边应声而起，如果谁敢把笊篱在牛屁股下晚接一会儿，让牛粪掉在场上，大人不把他骂死才怪哩。

烈日下，碾场的路可真长呀。厚厚的麦秸绊着人们的脚步，真不知道这圈要转到什么时候。德胜老汉沉默着，他是不是又想起了自己一年年一代代挣扎过来的日子了……沉默中却冷不丁把不听话的牛骂上一两句：“我把你这挨刀子的……往哪儿走！”一肚子心事却不断像烟锅里的火星似的在脸上的皱纹里明灭，突然就打了一个响鞭，吼起了秦腔：

汉苏武在北海将苦受尽——

德胜老汉那苍凉悲壮的哭音正像枯藤朽蔓似的在空中缠绕，二拴只慢慢接口唱道：

忍不住伤心泪痛哭伤怀——

永魁接着又唱：

想当年在朝把官拜——

牛儿也仿佛被那一声声如泣如诉的唱腔感动了，只不知用啥话来安慰人们。场边，在树荫下乘凉的人们静静地听着，有些人不觉间就跟着如痴如醉地哼唱起来。孩子们尚不省事，仍玩自己的，德胜老汉却越唱越入迷了，仿佛他不是在吆着牛碾场，而是站在舞台上的一个演员，却永远也倾诉不完自己的一腔郁闷……

就这么一场接一场碾下去，再一簸箕一簸箕把麦粒簸出来，再一锨一锨装进麻袋里，再一趟又一趟交到公社的粮站里……唉，走遍天底下到哪儿又找得着种田人不纳粮的好事呢？

像送闺女出嫁似的把公粮购粮都交过，剩下的才算是装到自家粮囤里的麦子啦。唉，年年收麦前，德胜总是担心麦包太小了，但哪一年他们家分下的麦子又把麦包填满过，反倒是一年比一年装得浅了！德胜弯下腰疼爱地在空落落的麦包里哗啦哗啦拨弄着，心里却早充满了惆怅——就算再分一点点秋粮，凭这点东西咋说也撑不到大麦上场啊……真不知剩下的那几个月没粮吃没柴烧的日子咋一天天熬过呀！

唉，看来今年又不行了。那就等明年吧，明年也许会好点儿呢。

欲望陷阱

那时，他的动作和意识已基本重叠了。也就是说，他虽还在拼着最后一点点力气，想把自己的躯体向那洞口挪挪，但事实上，他的四肢已经完全不听从大脑的指挥了。一切都徒劳了……他在那儿将近两个多小时折腾的结果，只不过是他的体温渐渐冰凉着，人却差不多像块石头似的不知腿脚在哪里了。

他脑子里一定还有个美丽的影子在鲜活地微笑着，要不他的躯体恐怕早就凉透了……让他丢开她，实在是太难太难了……

仅仅在八九个小时前，她还在他的怀里像朵玫瑰花似的开放着娇艳着，把人的心儿完全不当回事地陶醉着……为了她，他啥事不愿干？八丈高的崖都敢往下跳……

在玉米地里的那次野合，是他们的第一次吧？其实他们之间早就有意了。要不那天夜里，他还没有挨住她，她咋会像一枚熟透了的水蜜桃似的落在他的怀里，让他去狂饮她的甘甜呢？事情有时来得就是那么容易……

也许，那晚，他压根儿就不该偷吃那口水蜜桃的。九年前他不仅娶了老婆，还有了三个不大不小的娃啊。为什么在那一霎，他就没把烧起在心头的那团野火压下去？一来二去，就不太好扯断了……他也曾下过无数次的决心要和她了断的，但推来推去，就又推到下一次去了……嗳，那一块带肉的好骨头，任谁家的小黑狗忘得掉啊！

这个洞口他垂涎可不止一日两日了。一有空他就背个草篓到那儿去转悠，那座古墓边都快被他踩出一条小路了。实话说，墓保护得相当好。正因为如此，对他的诱惑才大了……啊，谁知道它下面又埋了几个铜壶锡罐啊。

不知不觉，他干这件事儿也有半年多了。他不这么缺德，她的雪花膏花布衫还有那些好吃的糖果饼干又从哪儿来呀？第一次干这勾当，他当然不是有意的。那天，他一个人在沟边刨土，不知怎么就滚出一个毛茸茸的绿碟来。细看才知：那竟是块值钱的铜啊！他敢吭气？就偷偷卖了——当然是砸碎卖了……他这才发觉：原来村子四周那些个大大小小的土疙瘩是如此的可爱呀。不过，这次，他可绝对是最后一次干这种有损阴德的事了。

在秋家村，他也算是个很灵透的人了。所以没几天，也就把那套老鼠打洞的本事学会了。怕什么，只要避过村里人，反正死人是不会说话的。

以他的经验，这应该是一个规模相当大的古墓，那阴暗潮湿而漫长的墓道把他的想法证实了。这正是他希望的。莫非黑暗也会在地下结块凝固，要不怎会如此的黏稠厚重，把手电光都挤压得像根飘忽的丝绳。他不敢喘气，也喘不出来气。感觉上，他就像是经历了好几个世纪……直到进入那个大墓室的一霎，他才透出了一口气……

啊！果然什么都有：盆盆罐罐的谁知道都是些啥玩意儿。他会贪？当然不会。拣个大点的，总应该吧。其实他忘了，他打的那个洞口太小，他拿的那个大家伙是根本出不去的。但任谁又能把事情考虑得那么周全呢。走吧，事不宜迟……何况他的胸闷得都快喘不过气来了。他才挪了几步，怎么就轰一声倒塌在地上了。是手里拿的那个铜家伙太重了？不过他也不至于那么虚弱呀。

其实，他已隐隐感觉到了：这墓是沙子填的。现在趁早空着手去刨，也许还能抠出条生路……但，不就是牙长那么一截子路嘛……而一旦挣扎到洞口，吸上一口土气，又不屁事都没有了。

挣扎了半晌，却还是在原地，手电无意中却告诉了他一个秘密：原来是一副死人的骨架把他的腿脚绊住了。那骨架在泥土里半掩着，看发髻，和电视里演的那个阮小二梳的竟是一模一样的……一旁不远处，也放了个铜罐子——竟和他手中的那个是一样的。

他打了个激灵。我还怕这个？他想。

一瞬间，他的确产生了要把手里的东西扔掉的念头。但他的胳膊却像长在别人身上似的不听使唤……因为他压根儿就不相信自己几秒钟后会爬不到地面；再说，这也是最后一次了呀！过了这个坎儿，他可就金盆洗手了啊！

他感觉自己就像在一个梦境里。他躺的那个软绵绵的地方正是她的怀抱。他就要去了，她咋放得下心。他却固执地说：“哥这回出来一定给你扯三件花布衫……”她说：“哥，我不要花布衫，只要你的心。”他说：“哥啥舍不得给你？哥就是累死也心甘……”她可不愿听到那个晦气的字，就用手把他的嘴堵住了。难道说这次他真的……真的……一语成谶了？

他已经很虚弱了，但这一挣扎，还真向前爬了有两锄把长。她的笑脸正在洞口召唤着他，他得赶快去。要不她哭了怎么办？但，却又爬不动了。

他得爬呀，无论如何得爬呀，但他动作的幅度却还是一次次变小了。最后竟变成在原地的扑腾了——其实他并不是在水中呀。他在那里长时间扑腾的结果，就是把泥土刨了一个坑，还刨出来一副死人骨头。不过，这次刨出来的，大概是位大清国子民吧，因为他的骷髅上有根大辫子……当然，离骷髅不远，还有个大大的铜鼎……

他感觉自己像一只轻捷的鸟儿正翩翩向洞口飞翔着。实际上他的腿脚差不多已经安静得像块逐渐风干的泥巴了。到后来，他便真像尊雕塑似的凝固在了那儿：他的指尖像一株株渴望光明的幼芽似的向洞口伸展着，脚却仍被一个锈鼎绊着——这副傻乎乎的模样，几乎与他身后和身下的这几位哥们儿一模一样。

那洞口后来不知是被几个顽童还是几只野狐抑或是哪个“爱社如家”的老汉掩埋了，就没人知道了。虽说那里地势低了点，雨水却聚得多，草便长得更高更茂盛了……

生命中的那道风景

我所说的那道风景，其实只是一只小鸟在我眼前一闪而过时的轨迹。鸟是一只金黄色的小鸟，所以，那条美丽的弧线当然就不是一道“黑色的闪电”，而是一条像彩虹般令人目眩的彩带。只是我不知道，这条像流星般划过我生命天空的彩带，何以会像一粒种子似的在我的生命里生根，并时不时拉开时间的帷幕重现在我的眼前……

快割麦了，天空里从早到晚都飘荡着子规鸟欢快的叫声。就是在那天早晨，一只小黄鸟不知从哪里飞到我家来了。院里很静，它便像片黄叶似的落在我家的门楣上。一阵机敏的左顾右盼后，才钻进门楣上的小洞里。我高兴得大气不敢出，只一眨不眨地盯住小洞看着，娘走过来我都不知道。娘说：你瓷在这里干什么？我只做了一个让她轻一点的手势，说：一只黄咕咕鸟飞进咱家的门洞了……正说着，小黄鸟早像一支箭似的从门洞射出，消失在瓦蓝的天空里了。娘看我还对天呆着，便说：小猢狲，黄咕咕鸟是到咱家下蛋孵小鸟来了，以后走路轻点，你要把它吓跑，小心我捶你的骨拐。我哪还有心思听她啰唆，早一溜烟跑出门找小伙伴去了。

当时，在我们村里，屋檐下有燕子窝的的确不少，最多的是毛蛋家，大小竟有三个。现在，有黄咕咕鸟在我家做窝，当然就把他们全比下去了。但大家却都不信我的话，说：“吹牛。”我气得直翻白眼，只拉他们去看。但小黄鸟却再没有出现……那个毛茸茸黄灿灿的小精灵，后来只像个梦幻，一次次在我的想象里出现。

几天前，在公园散步，我突然驻足在了一个卖鸟的小摊前。鸟笼都在树上挂着，既有色彩斑斓的鹦鹉，也有口齿伶俐的八哥……但我的目光却一下子定格在一只在笼里上下翻飞的小黄鸟身上。几十年空白的时间在刹那间统统被删除了，我的目光一下落在我家的门楣上，只听嗖一声轻响，便有一道黄灿灿的绸带抛向云端……但我眼前那只小黄鸟，还在笼里扑棱着……

其实，多年来，一直郁结我心的并不仅是一只小黄鸟，而是一腔对一种恬静而淳朴的生活的怀念。

当然，那时的天空里飞翔着的并不只有小燕子、小黄鸟和布谷鸟，也有老鹰和鹞子的身影。五六岁时，我一项极其重要的工作就是赶老鹰。母亲每年都要孵一窝小鸡的。但每当老母鸡骄傲地带着它的家庭成员热热闹闹地来到田野觅食的时候，总有一只鹰或鹞盘旋在它们出没的天空。多少次，我仰着头，呆看着它们那么优雅地扇动着翅膀，像个风筝似的，那么一动不动地漂浮着，真羡慕得要死。我当然不知道狡猾的老鹰其实正在和我僵持着，更不知道它其实是在伺机扑向一个老鼠或是一个鸡群……后来，每当鸡妈妈出门的时候，母亲总是叮嘱我：小心老鹰哟。每当老鹰一个俯冲，扑向鸡群的时候，我便和鸡妈妈一道，呼着叫着，勇敢地和来犯之敌战斗着……也有一次，因为贪玩，让老鹰把一个小鸡抓去了……

那时，田野里还有鹌鹑。每当秋收季节，当大家正在收割着玉米或芝麻的时候，说不定就在田间某个僻静的角落收获到一份意外的惊喜——比方说一窝鹌鹑蛋什么的。那时，田野还有獾、鼬或者黄鼠狼匆匆跑过的身影……所以，少年闰土才会在一轮金黄的圆月下，手捏一柄钢叉，向一匹猹尽力地刺去。至于我，却要比闰土文雅而有风度——那时，我正在一条河里凫水，这时，却有一只金灿灿的狐狸，一路碎步，在我身后的岸上向远方奔跑。我一时都快被这可爱的精灵惊呆了，衣服也来不及穿，只爬上岸，追它而去。它却只一味的绅士风度，走得不紧不慢，永远和我保持着二三十米的距离。而只要它一发觉自己跑得太快，把我甩得太远，便停下脚步，回头看着我，仿佛在说，小子哎，快点……我便站在那儿，嘴里却说，谁怕你哟，你过来呀过来呀……

从此，在故乡的土地上，我再没有过和一只真正的狐狸相遇过，獾呀老鹰呀隼呀当然再也看不到了。

后来，每次回家，我总能听见母亲一次次的抱怨：你说怪不怪呀，现在村里怎么再见不到喜鹊了。我听了只一阵默然。喜鹊，这位出色的乡村歌手，哪一天不在大自然的舞台上和母亲的生命里歌唱着……就把母亲从一个孩童唱成白发老妪了。现在，歌者已逝，树枝上也再不见它窝巢的踪影，怎不令她惆怅。

现在，村里的路早变成水泥路了，街道两边也多是二三层高的楼房了……岁月如流水，儿时的旧迹又何处去寻找？无论鹌鹑，还是鹰隼，在村里早已成为一个个遥远而模糊的传说了。

俱往矣，小黄鸟，为什么你还一次次在我的梦境和脑海里飞翔，空使人怀念惆怅……

雨 天

细密的雨声把田野和小村严严实实地罩着。天就像下漏了，雨就像忘记停了。说是雨，又有点像是很黏很湿的浓雾。可那一片绵密的沙沙沙的雨声是从哪里来的呢？是从天外面还是从无边无际的荒野，没人知道。

墙根角的苔藓早长得绿汪汪；粪堆上的狗尿苔早长得齐刷刷的，人呢，只好窝憋在炕头。幸亏人是活的，要不，人恐怕也要被捂得潮得身上发霉了。

庄稼汉苦情呀，平时哪有个闲的时候。好不容易老天爷开回恩让他们休个“大礼拜”，他们却受不了了。唉，天生受苦的命，没有办法。

其实，即使待在自家炕头，谁手里还会少了活儿？这场雨罢，就该收秋了。收罢秋，地一腾下，紧接着就要种小麦了。麦苗出来，天便一天天凉了，女人们能不早点为男人和娃娃们准备过冬的暖鞋棉袄？庄稼汉嘛，啥事还能不从自己的手里出来。

德胜正圪蹴在炕边拧纳鞋底用的麻绳子。麻在屋梁上挂着，长长的一直吊到地上。德胜一条条扯着麻丝，续着拧着，他手中拧绳子的“拨条”只一刻不停地像个陀螺似的飞旋着。老婆正在炕上剪鞋样，她剪得好入迷呀，有好几次不听话的儿子爬出被窝露着光腚把脸贴在窗户上向外张望她都没有发觉。儿子的心野得像长了翅膀的鸟儿，儿子想的是房顶上的瓦松。瓦松在雨中长得可真快呀，把它那又肥又嫩的叶子掐一段，酸溜溜的多好吃呀。儿子在被窝里待得实在受不了啦。但如果他的腚敢露在外面，那只戴顶针的手放下剪刀立马就会抽过来。进去！娘再一次警告他。娘不让儿子穿裤子，一则是怕儿子下炕上房顶，二则是为了省裤子嘛。

屋外，房檐水正此起彼伏永不停歇的叮当。屋内却仍是一片令人不安的静谧和空旷。女人突然停下手中的活计向外支着耳朵说：“大门是不是响了？”

儿子却早爬出被窝把眼贴近窗纸上的窟窿说："是六叔。"

果然是六叔。那阵熟悉的扑哧扑哧的踩泥声便一步步近了。

六叔两脚泥站在门口。六叔说：我的天神，你恐怕把一辈子的绳子都拧下了！六叔今日已经是第三回来德胜家了。六叔是个光棍，没事儿干，又没地方去，便挨家串门了。六叔拿起德胜拧的绳子看了看，又想起那个啥……自个儿先憋不住笑说："你看怪么不怪，拴生家的母猪后晌又下了一个猪娃。"这可真是离奇。拴生家的母猪早上不是刚下了九个猪娃么，怎么后晌还下？德胜不信说："胡说去。"六叔却不急，说："我刚从他家出来的。"德胜鼻子嗤一声说："太阳还真有从西边出来的时候。"

雨天天短，说话间屋里已有点昏暗。六叔打个哈欠说："走啦。"女人忙说："急啥，我正说下炕做饭去呀。"六叔却已走到门外了。站在门口，六叔抬头望了会天，突然感叹说："哈哈，天短得只剩下吃三顿饭的时间了。"

扑哧扑哧……那一阵熟悉的脚步声又一点点远去了。最后，在女人的期待中大门终于吱地响了一声，给那一长串脚步声画上了句号。

屋里仍静着。女人正说趁着摸火柴点灯伸个懒腰缓口气儿，却突然发现手下的被窝不知何时早空了。"儿子呢？"她问。德胜却不满地说："你不是看着嘛。"女人忙爬到炕旮旯摸，才发现儿子的衣裤也不见了。听出男人话里有埋怨的意思，女人说："你不是只顾说话也没看见么。"

女人的心也像长了翅膀似的在屋待不住了。女人总是忘了手中的活儿。德胜突然有点可怜起女人，安慰说："跑了就跑了，是条狗也该出去遛遛腿了。"女人却不依，说："说的，房顶那么滑，天又黑，万一……"

女人说着就下炕了。雨仍在不知疲倦地下着。不一会儿，德胜就听见一个女人一声紧似一声的呼唤了——那声音大得甚至把无边的沙沙声和整个村子都覆盖笼罩了：

狗儿——

狗儿——

后　记

这些小文，虽鄙陋不堪，却全是从我心灵深处里流淌出来的生命的汁液。人生在世，总有感慨，作为以文字为饭碗生涯的人，心有郁结，他不借笔倾诉，又有什么疏解的办法呢？

有时，连我自己也奇怪，我为什么要写作呢？我一时也回答不出来，只好又问自己：你不写作，又能干什么呢？你觉得有趣，就提起笔来写了；就像父亲觉得土地有趣，就种地了一样，难道还有什么特别的理由吗？就像一个驴友喜欢游山玩水，就迷醉在山水中一样，难道还有什么原因吗？世界上的职业千千万，各个人都有自己不同的爱好，难道还有什么特别的原因吗？

但我还是有点不大明白，我为什么不是去走仕途或者是去选择别的什么更有出息的行业呢？比方说我的机械专业。这几年，我教过的许多大学毕业生，不是都靠着自己的一技之长，成了腰缠万贯的小老板了吗？你知道当他们得知我成了一个码字匠之后有多么惊讶吗？“邱老师，你怎么？哎……”我知道他们的惊讶和失望都是正确的，并且是应该的。因为按照古往今来成功人士的评价标准，我一没有权力职位，二没有金钱财富，我不是一个失败者又是什么呢？

但是且慢，码字匠里面发了财的成功人士也不少啊，比方说那些畅销书作家和言情剧写手等，不是都活得相当体面而滋润吗？问题是我心眼不够活泛，缺乏随机应变的能力，我除了老老实实地写写我对人生的困惑和不解，不会其他的呀。

写一写自己想写的文字，既是能让自己灵魂透透气、不至于憋出什么毛病，那就写呗，管它有没有人喝彩呢。

生活是多么的无奈，人生又是多么的令人困惑，大多的时候，因为我们平庸，我们就只好随波逐流了。

我常常不知道干什么才好。表面上看我有时还很风光——就是说还有几个饭局或有几个请我旅游吃饭的朋友，其实我空空如也的心里装满了困惑。如果我在面对世界的时候能够心静如水，我倒宁愿像一尊弥勒佛似的什么也不去想……但浅薄浮躁的我，却总是爱胡思乱想；这本书中的许多小文，正是我那些近乎钻牛角尖的瞎想的结果……

文章的价值有时和它的长短并不成正比。问题的关键在于它是否反映了事物的本来面目和作者真实的想法。我这几十篇每篇只有千把字的小文能影响我对世界真诚的表达吗？我想不会。

这些小文章大部分是我在 2010 年写成的。并陆续在全国许多著名的报刊发表过。

当我把这部书交给你的时候，我一并也就把自己的一颗心交给了你。我希望得到你的批评指正，更希望成为你的朋友。

2011 年 10 月 18 日